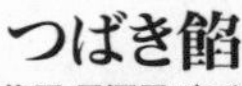

つばき餡

花暦 居酒屋ぜんや

坂井希久子

時代小説文庫

角川春樹事務所

目次

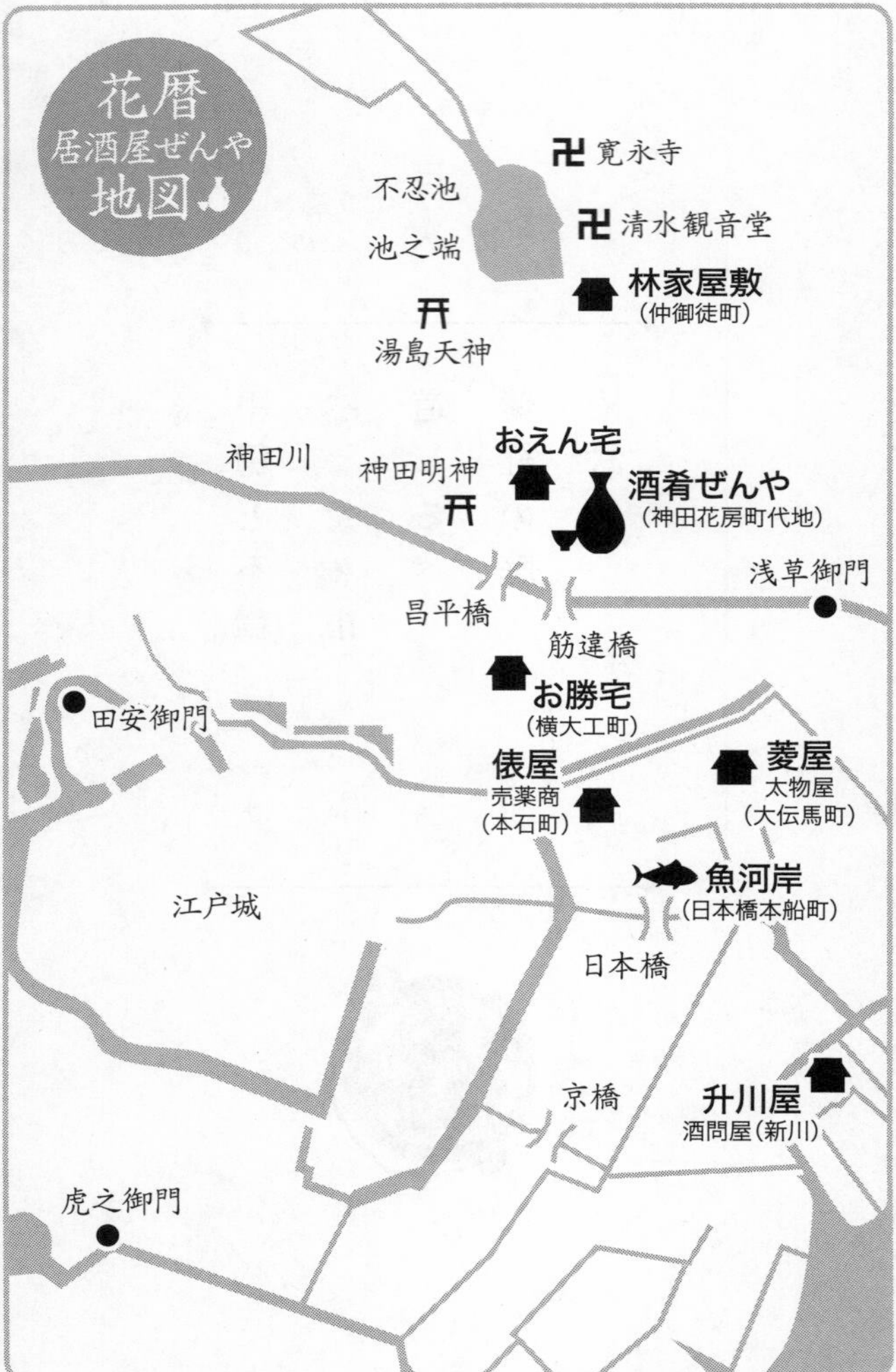

花暦 居酒屋ぜんや 地図

寛永寺
不忍池
清水観音堂
池之端
林家屋敷
（仲御徒町）
湯島天神
おえん宅
神田川
神田明神
酒肴ぜんや
（神田花房町代地）
浅草御門
昌平橋
筋違橋
お勝宅
（横大工町）
田安御門
俵屋
売薬商
（本石町）
菱屋
太物屋
（大伝馬町）
魚河岸
（日本橋本船町）
江戸城
日本橋
京橋
升川屋
酒問屋（新川）
虎之御門

つばき餡

花暦　居酒屋ぜんや

〈主な登場人物紹介〉

お花（はな）……只次郎・お妙夫婦に引き取られた娘。鼻が利く。
熊吉（くまきち）……本石町にある薬種問屋・俵屋に奉公している。ルリオの子・ヒビキを飼っている。
只次郎（ただじろう）……小十人番士の旗本の次男坊から町人となる。鶯が美声を放つよう飼育するのが得意で、鶯指南と商い指南の謝礼で稼いでいる。
お妙（たえ）……居酒屋「ぜんや」を切り盛りする別嬪女将。
お勝（かつ）……お妙の前の良人・善助の姉。「ぜんや」を手伝う。十歳で両親を亡くしたお妙を預かった。
お梅（うめ）……日本橋本船町の海苔屋「宝庄」の養女。

「ぜんや」の馴染み客

菱屋のご隠居（ひしや）……大伝馬町にある太物屋の隠居。只次郎の養父となった。
升川屋喜兵衛（ますかわやきへえ）……新川沿いに蔵を構える酒問屋の主人。妻・お志乃は灘の造り酒屋の娘。息子は千寿。
俵屋の若旦那（たわらや）……本石町にある薬種問屋の主人の一人息子。

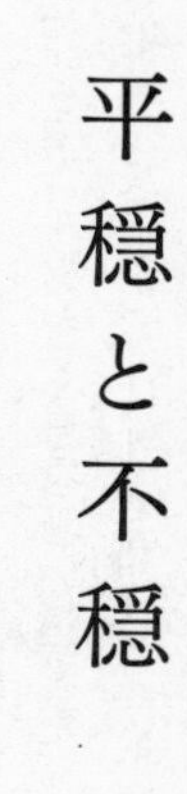

平穏と不穏

一

表通りに出てみると、頬に当たる風がひやりとしている。

敷居を一つ跨いだだけで、竈の熱や煮炊きの湯気で温まった店内とは別の世界に来たかのようだ。給仕のためにくるくると動き回り、火照った身には心地良い。お花は少しばかり胸を開き、大きく息を吸い込んだ。

寛政十二年（一八〇〇）、長月十九日。今年は閏月があったため、なんと明日が立冬だ。まだ九月と油断していると思いのほか肌寒く、朝晩などは手焙りがほしいと感じる日もあった。

ほんの四月前は、あんなに暑かったのに。

喉元過ぎればというやつか、体は早くもそのときの記憶を手放して、綿の入った着物に馴染んでいる。もはや浴衣一枚で出歩けたのが、嘘のようですらあった。

そのくらい、夏の出来事はお花にとって、すでに遠い。我ながら薄情だと思うけど、お槇について考えることも、だんだん間遠になってきた。

それでいいのよと、お妙は言う。だから己の情の薄さを、責めるのはもうやめた。真夜中に目を覚ますと、ここはどこかと一瞬どきりとするけれど、すぐ近くに養父母の寝息を感じて安堵する。後ろ手に縛られて過ごしたあの夜から、お花は無事に戻ってきたのだ。

「よぉ、お花ちゃん。今日も旨かったぜ」

「またすぐに来るからな」

開け放したままの表戸から、常連客の「マル」と「カク」が連れ立って出てきた。お花の肩をぽんと叩いてゆく手つきには、気負いがない。周りの大人たちの態度も、ようやく元に戻ってきた。

「うん、またね」

二人を送り出してから、お花は手にしていた紙を表戸に貼りつける。

『本日暮れ六つまで貸切』

という文字は、自分で書いた。お妙や只次郎のような達筆にはほど遠いが、己の名すら書けなかったころを思えば、進歩したものである。

「よし」とひとつ頷いてから、店に入って戸を閉めた。

そろそろ昼八つ半（午後三時）というところ。昼餉の客は、さっきの二人で最後である。

しかし小上がりには、すでに貸し切りの客が来ていた。前に一度、飯を食べにきたことのある男だ。柔和な面立ちが今はやけに張り詰めて、青く見えるほど血の気が引いている。つき添いで来た熊吉が、土間に立ったままその背中を撫でさする。

「若旦那様、しっかりしてください」

熊吉の奉公先、薬種問屋である俵屋の、跡取りだ。見ていて気の毒になるくらい、心の余裕をなくしている。

「先に少しだけ、お酒をもらいますか？」

酒で気持ちを解してはどうかと、熊吉が言う。しかしその案は、床几で煙草を燻らせはじめたお勝によって退けられた。

「よしときな。これから大事な話をしようってときに、男が酒のにおいをぷんぷんさせてちゃ、お梅ちゃんだって嫌だろう」

おっしゃるとおりだ。お梅と歳の近いお花も、うんうんと頷く。なにせ今日の話し合いには、お梅の人生がかかっている。

俵屋の若旦那と宝屋のお梅との縁談は、六月のお花勾引かし騒ぎ以降いったん棚上げになっていた。立て続けの騒動により、俵屋はとても嫁を迎え入れられる状況ではなかったのだ。

しかし賊が捕まり処刑された今では、もはや障害などないはずだ。それなのに若旦那は尻込みをして、この縁談は断ってほしいとお梅に手紙を書いたという。

六月も宙ぶらりんのまま待たされて、その挙句手を放されるとあっては、お梅だって納得できまい。自分からは破談にしないと言い張って、ならばと話し合いの席が持たれることになった。

できれば家同士ではなく、二人でゆっくり話がしたい。そんなお梅の要望を聞き入れて、『ぜんや』で場を設けることになった。俵屋の主や宝屋のおかみさんには、秘密の会となっている。少なくとも、表向きは。

「アンタだってお梅ちゃんのことは、憎からず思ってんだろう。だったらもう、腹を決めなよ」

お勝は誰に対しても、遠慮がない。煙管をカンと鳴らして吸い殻を落とし、若旦那を激励する。

「そうは言っても、長吉もまだ捕まっていないことだし――」

だけどこちらは、歯切れが悪い。しょんぼりと肩を落としたまま、独り言のように呟いている。

長吉って、附子のあの人のことだよね。

熊吉の、かつての同輩だ。俵屋を逆恨みして賊に襲わせようとし、お花にも酒に混ぜろと言って猛毒の附子を手渡してきた。仲間割れをして命からがら賊の下から逃げ出して、生家にいたことまでは分かっているが、その後の足取りは摑めぬままだ。

若旦那は行方知れずの長吉が、この先もなにか仕掛けてくるのではと危ぶんでいるのだろう。

「いや。あいつはもう、なにもしてこないと思います」

熊吉が、妙に確信めいた口調でそう言った。お花たちが知らない事情を、なにか摑んでいるらしい。なぜ分かるのかと尋ねようとしたけれど、痛みに耐えるような熊吉の表情が切なくて、なにも聞かぬことにした。

「お前が言うなら、そうなんだろうね」

若旦那も、深くは問わずに吐息をつく。「後でじっくり聞かせてもらうよ」と言った顔つきが、ほんの一瞬父親に似ていた。

やっぱり、俵屋さんと血が繋がってるんだな。

そう思ったのもつかの間である。お花がさっき閉めたばかりの表戸が勢いよく開き、若旦那は「ひゃっ！」と泡を食って飛び上がった。

「よかった、間に合いましたね。仕事を早めに切り上げて、大急ぎで帰ってきましたよ」

肩で息をしながら、入ってきたのは只次郎だ。いよいよお梅がやって来たと思ったか、若旦那は苦しげに胸を押さえている。

「ああ、只次郎さん。助けてください」

俵屋特製、龍気補養丹の売り出しかたに、共に頭を悩ませた仲である。あのときのような妙案を求め、若旦那は只次郎に取り縋る。

「私から言えることは、ただ一つ。腹を括った女子は強いです」

「ええ、だから？」

「ここはもう、お梅ちゃんに流されましょう」

これは期待外れもいいところ。只次郎はいったいなんのために、走って帰ってきたのだろう。若旦那が、落胆を隠しもせずに肩を落とした。

とそこへ、今度は裏口の戸が開く。裏の井戸で皿を洗っていたお妙が、盥を脇に抱えて立っている。いつの間にやら増えた野次馬に目を留めて、「あら」と苦笑いをした。

「困りますよ。こんなに人がいちゃ、お梅ちゃんが身構えてしまうじゃありませんか」

今日はお梅と若旦那が、互いの真意をたしかめ合う日。

そのわりには、周りに人の目が多すぎた。

お梅がやって来たのは、人払いが済んでしばらく経(た)ってからだった。

木綿(もめん)の縞物(しまもの)に、梅の飾(かざ)りがついたびらびら簪(かんざし)。別段めかし込むでもなく、宝屋の店番をしているときと同じ装(よそお)いである。

小上がりに座る若旦那がじっとうつむいているものだから、お梅は座っていいのやらと、戸惑(とまど)った様子を見せる。お妙がそつのない仕草で、「どうぞ」と上がるよう勧(すす)めた。

吸う息が、急に重くなったように感じる。向かい合って座ったものの、二人は声を発するどころか目も合わさない。どちらも己の膝(ひざ)先に、じっと視線を落としている。

こんなとき頼りになるお勝は、暮れ六つ（午後六時）ごろにまた来るよと言って、いったん家に帰ってしまった。熊吉は残ってくれと引き留める若旦那を振り払って外回りの仕事に戻り、只次郎は二階の内所(ないしょ)だ。

どうやって、場を取り持てばいいんだろう。

お梅の友人だからとこの場に残されはしたが、お花には立ち回りかたが分からない。

いつもは明朗な友がもじもじしている様子を見るのも、なんだかきまりが悪かった。

話がしたいって、言っていたのに。

しばらく待っても、お梅はいっこうに話を切りださない。見かねたお妙が、微笑(ほほえ)みを浮かべて進み出た。

「お二人とも、お腹(なか)は空(す)いていませんか？」

そろそろ夕七つ（午後四時）も近づいている。腹が空いていないなら軽いものを出そうと決めていたが、若旦那は首を横に振った。

「実は、昼餉を食べそびれまして」

「アタシも、海苔(のり)しか食べてない」

二人とも、昼餉どころではなかったようだ。お梅は店番の傍(かたわ)ら、炙(あぶ)った海苔ばかり食べていたのだろう。

「それでは、こちらで見繕(みつくろ)ってお出ししますね。お酒はどうしましょう」

お妙の問いに、若旦那が「いただきます」と頭を下げる。

「アタシも、少しだけ」

お梅が酒を嗜むとは知らなかったが、張り詰めた気持ちを酒気で解したいのだろう。ならひとまずは、一合半。仕事ができたことにほっとして、お花はちろりに諸白を注ぐ。それを沸き立つ銅壺の湯に、そっと沈めた。

二

豆腐の味噌漬けに、人参と葉の胡麻和え、零余子の甘辛煮と、冬瓜の翡翠煮。見世棚のお菜を皿や小鉢に彩りよく盛り、「どうぞ」と黙りこくっている二人の間に置いてやる。

料理を載せた折敷が垣根代わりになり、幾分肩の力が抜けたようだ。お梅が「まあ」と、頰の肉を持ち上げた。

「この冬瓜、綺麗ね。どうすればこんなに、色が残るの？」

翡翠色にとろりと輝く冬瓜に目を留めて、嬉々としてお花に問うてくる。

若旦那とはまだひと言も喋っていないのに、わざとらしいほど態度が違う。どうしたものかと調理場のお妙を窺うと、なにも言わずに頷き返された。

少しばかりお喋りにつき合えば、お梅の舌も解れるだろうか。お花は胸の前で手を握り、お妙から教わった翡翠煮の手順を説明する。

「冬瓜は、なるべく緑のところが残るように皮を剝くの。それで煮上がったら、鍋の底に水を当てて一気に冷ますの」

「それだけ？」

「うん。ゆっくり冷ますと、その間に色が抜けるから」

「そうだったのね。ねぇ若旦那、ご存知でしたか。ぐずぐずしていると、色が抜けるんですって」

料理の話題に勢いづいて、お梅はようやく若旦那に話しかけた。でもこれじゃあ、まるで縁談を棚上げにされたことに対するあてつけみたいだ。

お梅とて、意図したわけではなかったらしい。若旦那が「すみません」と肩を縮めるのを見て、しまったと息を吞む。

二人の間に、再び重苦しい沈黙が下りてくる。こんなもの、もはやお花の裁量ではどうにもできない。しかしお妙は調理場で、揚げ物をはじめてしまった。

「そうだ、お酒」

ふと思いつき、逃げるように様子を見に行く。湯から引き上げたちろりは、ちょうどいい具合に燗がついていた。

どうかこの酒で、ゆったりとした気持ちになってほしい。祈るような思いで、盃に注いでやる。それを若旦那はぐびりと一気に、お梅はちろりと舐めるように飲んだ。

「お酒、強いのね」

「いいえ、そんなことは」

ようやくまともなやり取りがあり、お花はほっと胸を撫で下ろす。

若旦那の頬の強張りも、幾分抜けたようである。会話が成り立ったところで、いそいそと箸を取る。

「いただきましょう。ここのお菜は、美味しいですよ」

「知ってるわ。なんてったってアタシ、お妙さんに拾われたのよ」

考えてみればお花もお梅も熊吉も、お妙に拾われた子供である。ここで養われているのはお花のみだけど、お妙は他の二人のことも、我が子のように気にかけているのだろう。

だからこの話し合いを、『ぜんや』でするよう勧めたのかな。

揚げ物にかかりきりのお妙は、ここからだと背中しか見えなかった。なんにせよ、お梅の幸せを願っていることに変わりはあるまい。

私だって、お梅ちゃんの幸せが一番。

ならばこの話し合いは、首尾よく進めないといけない。しかし飯を食べはじめた二人は、ぼそぼそとこんなことばかり言い合っている。

「今食べたこの、四角いものはなんでしょう」

「ああ、それはお豆腐ね」

「えっ、ちっとも気づきませんでした」

「でしょう。味噌に漬けて、何日か置いておくそうよ」

「それでこんな、ねっとりとした味わいになるんですか。や、旨いです」

沈黙を打ち破れたのはよかったけれど、お菜を食べては感想を言い合って、また食べる。その繰り返しである。肝心の、縁談にまつわる話はいっこうに始まりそうにない。

このままでは、ただ飯を食べて終わってしまうのではないか。傍で見ているお花のほうが、やきもきしてくる。

そろそろ本題に入るよう、促したほうがよさそうだ。それがこの場に残された自分の、大事な役目なのかもしれない。

「お花ちゃん、これをお願い」

決意を固めたところに、お妙に呼ばれた。振り返ると、見世棚越しに手招きをしている。

次の料理ができたらしい。「はぁい」と返事をして、駆け寄ってゆく。

だが揚げ物は、油を切っているところ。焼き物も、まだ七厘の網の上。どちらも仕上がってはいなかった。

怪訝に思って首を傾げていると、お妙が顔を寄せてくる。

「駄目よ。今ちょうど、いい感じなんだから」

それはまさか、お梅と若旦那のことか。お花は肩越しに、ちらりと小上がりを窺う。二人とも、まだお菜の話ばかりしている。

「あれは、いい感じなの？」

「ええ、とっても」

お妙が頷き、嬉しげにうふふと笑う。大人の考えることは、お花にはまだよく分からない。あの様子でいいのなら、言われたとおり出しゃばるのはやめにしよう。

「お料理、なにか手伝う？」

「平気よ、今できるわ」

そう言うとお妙は焼き物を皿に盛り、小柚子の切ったのを添える。油の切れた揚げ物は小鉢に盛り、その上に大根おろしを載せると、熱々の鰹出汁を回しかけた。

筒切りにした鰡の塩焼きと、その白子の揚げ出しである。昼餉に同じものを食べたはずなのに、小腹が空いてきたせいか、ひどく旨そうだ。

口の中に唾が湧き出すのを感じながら、お花はそれらの皿と鉢を折敷に載せた。

「あああ、サクサクでトロトロ。そして甘ぁい！」

白子の揚げ出しを口にしたお梅が、喜びに身を震わせている。

ぽってりとした鰡の白子は、鱈にも負けぬ美味しさだ。血合いを除いて半刻（一時間）ほど酒に漬けておけば、臭みもまったく感じられない。片栗粉を薄くまぶして高温の油でさっと揚げれば、外はサクサク、中はトロトロ。鰹出汁が衣をほんの少し溶かして、もっちりとした歯応えが味わえるのもまた楽しい。

「これは、熱いうちに食べないといけませんね」

若旦那もまた、せっせと箸を動かしては酒を飲む。ちろりが空になる前に、お花は気を利かせてもう一合燗をつけておいた。

「うん、塩焼きもふっくらとして、実に旨いです」

「それはよかった。鰡はこれから、どんどん美味しくなりますからね」

お妙が調理場から出てきて、にこやかに空いた小皿を下げてゆく。

鰌は悪食のため、場合によっては泥臭いこともあるが、水が澄んでくる冬は臭みが抜けて旨くなる。それに産卵に向けて、白子も真子も肥えてくる。これからの季節、ぜひとも食べたい魚である。

「アラからもいい出汁が出ますから、汁にしてありますよ。ご飯ももうすぐ、炊き上がりますからね」

「嬉しい。ありがとう、お妙さん」

飯と汁を出してしまったら、食事はもう終わりである。出しゃばらないと決めたものの、やっぱり心配でしょうがない。だってこの先僅かな時間で、縁談がまとまるとは思えない。

お花も空いたちろりを手に、調理場へと向かうお妙を追いかける。そしてごく自然に、こう呼びかけていた。

「ねぇ、おっ母さん」

己の声が耳に届いてから、お花はあっと驚いた。このところ何度もお妙をそう呼ぼうと試みて、惜しくも果たせずにいた。心の中では何度も呼んでいたけれど、まさか今このときに、呼べるとは思わなかった。

お梅たちのことで頭がいっぱいで、気負いがなくなっていたせいかもしれない。でもお妙は急に「おっ母さん」などと呼ばれて、迷惑だったりしないだろうか。恐いけど、たしかめずにいられない。そろりそろりと面(おもて)を上げて、お花は視線の先に日溜(ひだ)まりのようなお妙の笑顔を見た。

「なぁに、お花ちゃん」

胸の内にまで、明るい日差しが差し込むようだ。温(ぬく)もりがじんわりと、体中に広がってゆく。

こんなにも、簡単なことだったんだ。

この家の養い子になって、四年と少しが経った。その間お妙は慌(あわ)てず急(せ)かさずに、お花の心が整うのを待っていてくれたのだと知れた。慈(いつく)しむようなその微笑みが、すべてを物語っていた。

それは決して、容易なことではなかったはずだ。傍で見ているとなにを思い悩むことがあるのかともどかしく、無理にでもけしかけたくなってくる。お梅と若旦那のやり取りを横目にしているだけでも歯痒(はがゆ)いのに、よくもまぁ何年も、見守り続けていられたものだ。

私はなにも、不安がることなんてなかったんだね。

お妙に受け入れられなかったらどうしようと、いつも心の底で怯(おび)えていた。だけどもっとこの人の、心根の深さを信じればよかった。

慌てず、急かさず。お梅と若旦那にも、きっと彼らに見合った頃合(ころあ)いがある。お花に今できるのは、それを見守ることだけなのだ。

本当は、もしかしてこのままなにも手助けをしないのかと問うつもりだった。だけど尋ねる前からすでに、答えが分かってしまった。

七厘にかけた土鍋からは香ばしいにおいが漂っていて、そろそろ飯が炊ける頃合いだ。

「アラ汁、よそっちゃうね」

胸の中にあった言葉をかき消すと、お花はちろりを置いて玉杓子(たまじゃくし)を手に取った。

鰡のアラ汁を、そっとひと口。吹き冷まして啜(すす)ったとたん、お梅が目を細めて天を仰(あお)ぐ。

続いて若旦那もまた、満足げに吐息した。

鰡の出汁が存分に染み出た汁は、味噌仕立て。念のための臭み取りに生姜(しょうが)をしっかり効(き)かせてあり、飲めば体も温まる。

「はぁ、幸せ」と、お梅が上気した頬で呟く。温かさはいつだって、幸福感を連れてくる。

お花は炊き上がった飯を、土鍋ごと小上がりに置いた。蓋を外し、艶々と輝く飯をさっくりと混ぜる。

二人分の茶碗にそれを注ぎ分けていたら、お梅が身を寄せてきた。

「ちょっと、お花ちゃん。いつの間にお妙さんのことを『おっ母さん』って呼べるようになったの」

そういえばお梅にはずいぶん前から、お妙のことを「おっ母さん」と呼んではどうかと勧められていた。それゆえか、喜びに目を輝かせている。

いつの間にと聞かれても、今さっきのがはじめてだ。胸の中はまだぽかぽかと温かく、さらには面映ゆくもあって、お花は「えへへ」とごまかした。

「よかったねぇ。本当に、よかった」

お梅はまるで我が事のように嬉しがり、顔中に笑みを広げてゆく。その目が輝いているのは、滲み出た涙のせいもあるようだ。目尻を指先で払い、「よかった、よかった」と繰り返す。

その様子に、若旦那がまろやかな眼差しを向けていた。気づいたのは、お花が先だ。その視線を追うようにして、お梅もそちらに見返った。

「どうかしたの？」

「いいえ。やっぱりお梅さんは人の幸せを喜べる、心根の綺麗な人だと思いまして」

酒が入ったからなのか、それとも温かい汁が気持ちを寛がせたのか。ほんの少し前まで顔を真っ青にしていた人とは思えぬくらい、素直な胸の内を明かしている。

「やだ、なに言ってるのよ」

「ああ、本当だ。すみません」

不意打ちを食らってお梅がはにかみ、その反応に若旦那も慌てる。二人とも、酒のせいではなく顔が真っ赤になっている。

「いいところばかりじゃないわ。アタシなんて、アラばっかりよ」

照れ隠しに膝先の椀へと目を落とし、お梅がアラ汁にかけて軽口をたたく。

若旦那が、「いいえ」と首を横に振った。

「お互い様です。ご存知のとおり、私なんかもっとひどい。情けなくて嫌になります」

いい歳をして女に奥手で、好いた相手との縁談にすら逃げ腰になっていた人だ。否定はしきれなかったらしく、お梅は「ふふっ」と可笑しそうに笑った。

「だけどじっくり煮てやれば、案外いい出汁が出るかもね」

二人で顔を見合わせて、今度は若旦那が「ふふっ」と笑う。お妙が調理場から控えめに手招きしているのに気づき、お花は小上がりからそっと離れた。

その背中で、笑い合う二人の声を聞く。

「ねぇ私たち、また近いうちにこうしてご飯を食べましょうよ」

「ええ、お梅さんが嫌でなければ」

今日の話し合いは、どうやらこれで決着をみたようだった。

三

「ああ、もう。もどかしいったらなかったなぁ」

お梅と若旦那の帰った後を片づけていたら、只次郎がやれやれと伸びをしながら二階から下りてきた。

なんでも部屋の襖を開けたまま、聞き耳を立てていたらしい。仕事から戻った格好のまま、着替えてすらいなかった。

「なんだか肩が凝りました。『それで結納の日取りはどうします？』って、何度も割りこみたくなりましたよ」

冗談とは知りながら、「駄目ですよ」とお妙が只次郎を睨む。

「分かってますよ」

軽く肩をすくめると、只次郎は見世棚に並んでいた零余子の甘辛煮をひと粒つまみ、ひょいと口に放り込む。

「あっ！」とお花が無作法を責めても、「旨い！」と顔を輝かせている。

「んもう。取り分けますから、ちゃんとお箸で食べてください」

「本当ですか。それじゃあこっちの、胡麻和えも盛ってください」

相変わらず、お妙と只次郎は仲睦まじい。文句を言いつつお妙は料理を取り分けてやり、只次郎は「旨い旨い」と大喜びで食べる。そんな二人が、この上なく幸せそうに見える。

「でもまぁ、ちょっと安心しました。あの様子なら、きちんと収まるべきところに収まりそうですね」

小皿に盛った料理を平らげてから、只次郎はそんなふうに、お梅と若旦那の行く末を評した。

「そうなの？」と、お花は首を傾げる。彼らが一歩前に進んだことは分かるけど、牛の歩みよりものろく感じる。

只次郎は人差し指を立て、したり顔でこう言った。

「そうだよ。これは覚えておくといい。旨いと言い合いながら飯を食べられる人とはね、相性がいいんだよ」

その説を信じるならば、只次郎は旦那衆の誰かと「収まるべきところ」に収まってもおかしくないのではないか。そう思うと笑いが込み上げてきて、お花は「ふふっ」と肩を揺らした。

「えっ、なぜ笑うんだい。まさかもう、そんな相手がいるわけじゃないよね？」

「外の貼り紙、剝(は)がしてくるね」

盛大に思い違いをしている只次郎はそのままに、くるりと身を翻(ひるがえ)す。暮れ六つにはまだ早いが、ぼちぼち夕餉の客が顔を見せる頃合いだった。

表に出てみると西の空に、じわりと茜(あかね)色が滲んでいる。今の季節はこうなると、暗くなるのもあっという間だ。下草の中で鳴く虫の音も細くなり、もの悲しい夕べである。

そんなふうに感じるのは、お花の胸に寂(さび)しい気持ちがあるせいか。お梅が「収まるべきところ」に行ってしまうと思うと、喜ばしくもしんみりしてしまう。

だって俵屋なんて大店(おおだな)のご新造(しんぞ)には、気軽に会いに行くことができない。たとえば言葉遣いなども、改める必要があるのではないか。大切な友達が、ずいぶん遠くへ離れてゆく気がしてならなかった。

お嫁に行くって、どんな心情なんだろう。

お梅のほうは、寂しいと感じたりしないのだろうか。この縁談がもう少し進んだら、一度聞いてみたいと思った。

いけない、こんなところでぼんやりと突っ立っていたら、それこそ日が暮れてしまう。

本来の用事を思い出し、お花は貼り紙に水を含ませてからゆっくりと剝がしてゆく。途中で紙が破れてしまい、爪を立ててこそげ取る。

えっさ、ほいさ。えっさ、ほいさ。

貼り紙と格闘していたら、駕籠舁きの声が近づいてきた。ここは下谷御成街道。駕籠が行き交うのはいつものこと。気にせず作業を続けていたら、その声がすぐ近くで止まった。

振り返ってみれば店の手前に、ずいぶん造りのいい駕籠が停まっている。屋根や腰部は漆塗り。乗降口には簾の代わりに引き戸がついている。身分のある者でなければ、用いることの許されぬ代物だ。

それがなぜ、こんな道端に停まっているのだろう。不思議に思っていると引き戸が開き、お花とはさほど変わらぬ年頃の少女が降りてきた。

口元がきゅっと引き締まった、利発そうな顔立ちだ。着物は紋付き裾模様で、帯は矢の字。お武家なのはひと目で分かるが、髱が左右に張り出した、見たことのない頭をしている。

何者かと訝るお花に、少女はきびきびとした口調で問うてきた。

「『ぜんや』という居酒屋は、こちらでございますね」

そのとおりだが、こんな市井の居酒屋に、なんの用があるのだろう。駕籠舁きたちはお役御免とばかりに、「えっさ、ほいさ」と元来た道を引き返して行った。

ぽかんとしたまま、「はぁ」と頷く。すると少女はお花の脇をすり抜けて、表戸を開け放った。

「いた、叔父上！」

店の中にいるのは、お妙と只次郎だけ。誰を目当てに来たのかは、明白だった。

「えっ。まさか、お栄？」

只次郎の、慌てふためく声が返ってくる。それを合図に、お栄と呼ばれた少女が中に駆け込んだ。

「ひどうございます。『ぜんや』が移転していたなら、教えてくださらねば。あちこち探し回ってしまったではありませぬか！」

戸口から様子を窺ってみると、お栄が床几に座る只次郎の衿元を握り、ぐらぐらと揺さぶっている。只次郎はされるがまま。状況を摑みかねて、目を白黒させている。

お栄といえば、名前だけは聞いたことがある。大奥に奉公に上がっているという、只次郎の姪だ。うっかり忘れそうになるが、そもそも只次郎は旗本家の次男であった。

「はっ、もしやこの方が、噂のお妙さんにございまするか」

次いでお栄は、床几の傍らに立つお妙に目を向けた。思いもよらぬ来客ながら、相手は旗本のお姫様。失礼のないよう、お妙は粛々と頭を垂れる。

「初めまして、妙と申します。どうぞお見知りおきください」

その楚々とした仕草に、お栄が目を丸くする。申し訳程度に会釈をすると、再び只次郎に向き直った。

「叔父上、お妙さんとは夫婦になったと伺っておりますが、おそらく思い違いにござります。あんな天女のような方が、叔父上と一緒になるはずがございませぬ！」

「失礼だね、お前は」

奥女中などというものは、気品が着物を着て歩いているような存在だと思っていた。

予想に反しお栄はなんと言うか、ずいぶん元気なお姫様だ。表情も、面白いほどくるくると変わる。只次郎もこの姪には弱いらしく、すっかり気圧されている。

「そんなことより私はなにも聞いていないんだが、しばらく宿下がりをすることにしたのかい」

奥勤めといえど、よっぽど高位の者でなければ、数年に一度の宿下がりが許されているという。お栄が唐突に現れたのもまた、その類いかと思いきや。

「いいえ。栄は、永のお暇を頂戴してまいりました」

悪びれもせずそう言って、えへんと胸を張るではないか。

「なんだって？」

これにはさしもの只次郎も口をあんぐりと開けたまま、二の句が継げぬようだった。

「ううん、これはたいそう美味にござりますなぁ」

鰡の塩焼きと飯を頬張って、お栄がにんまりと口角を上げる。

奥勤めならば毎日美味しいものが食べられたのではないかと思うが、そういうわけでもないらしい。

「それはもちろん、御年寄様などはよいものを召し上がっておられましたが。部屋子なんぞはそのお下がりが、たまに口に入るくらいのものでございます」

夕餉の客が入りはじめた、『ぜんや』の小上がりである。身分を慮って二階の内所か『春告堂』に案内しようとしたものの、お栄は「居酒屋というもので飲み食いがしてみたかった」と言い張って、頑として動こうとはしなかった。

どうやら一度言いだしたら聞かぬ性質らしい。只次郎もこうなっては仕方ないと諦めて、せめてもの目隠しに間仕切りを置いた。けれども声がよく通るので、何度も「シッ！」と窘められている。

「ちなみに千代田のお城では、天麩羅ができませぬ。これは実に美味しゅうございます」

今度は幾分声を潜めて、白子の揚げ出しに箸をつける。只次郎の姪だけあって、お栄は気持ちのよい食べっぷりを見せている。

詳しく聞けば、お城では火事が出るのを恐れて天麩羅を禁じているという。つまるところ公方様とて、この熱々サクサクを食べられないのだ。この江戸で最も偉いお人かもしれないが、そう聞くとあんまり、羨ましくない。

「身分がある人も、大変だね」

食事の済んだ皿を引き寄せながら、お花はぼそりと呟いた。独り言のつもりだったのに、お栄が「まことに！」と顔を寄せてくる。

「栄は物心ついてからずっと、武家などつまらぬものと思うておりました。それなのに叔父上ときたら、栄が奥にいるうちにさっさと町人になってしまわれて、ずるうございます。しかもいつの間にやら、娘御までできておられる！」

只次郎が町人になって、約六年。お栄はまるで、昨日のことのように悔しがる。大奥と下界では、時の流れが違うのだろうか。なんだか竜宮城から戻ってきた、浦島太郎のようである。

「そういえば、お花ちゃんとお栄は歳が同じだね」

お栄の相手をする只次郎も、だんだん疲れてきたようだ。盃を傾けながら、的外れ（まとはずれ）な返答をする。

「叔父上、おいくつになられましたか」

「ちょうど三十だよ」

「栄は、今年十五です。それでは計算が合いませぬ！」

「だから静かにしなさい。お花ちゃんは、養い子ですよ」

「そうだったのですか」

お栄が目を見開いて、まじまじと見つめてくる。きらきらと輝く、敏捷（はしこ）そうな瞳（ひとみ）をしている。見合っているうちにだんだんいたたまれなくなってきて、お花はぺこりとお辞儀をしてからその場を去った。

汚れた皿は、ひとまず盥の水に浸けておく。暮れ六つ過ぎに戻ってきたお勝が、見世棚に寄りかかって小上がりのほうを気にしている。

「あれはまた、賑やかなお姫様だねぇ」

その眼差しは、好もしげだ。調理場で料理を盛りつけているお妙も、「本当に」と面白そうに笑っている。

「やっぱり、只さんの姪御様ね」

二人とも飾り気のない武家の娘に、好意を寄せているようだ。会ってまだ間もないが、たしかにお栄には人を惹きつけるところがあった。

「はい、これ。骨にはお気をつけくださいと言って、お出しして」

お妙が見世棚の上に、よそいたてのアラ汁を置く。只次郎と、お栄の分だ。お勝が行けばいいのにと思うけど、動く気配がないので二人分の椀を折敷に載せた。

「それにしてもお栄は、存分に出世するつもりで奥に上がったはずだろう。それがなぜ、永の暇で戻ってくることになったんだい」

小上がりでは只次郎が、肝心要に斬り込んでいる。アラ汁を置いて去ろうとしたが、お栄が「それにございます！」と声を上げたものだから、びくりとして立ち止まってしまった。

「栄はそれこそこの鰡のように、大出世するつもりでおりました。そのため書を読み芸事を修め御年寄様にも気に入られ、ようやっと部屋子から呉服の間に移ったところにございます」

鰡は成長と共に名を変える、出世魚だ。鰡の次はトドで、その先はない。だからとどのつまりという言葉があるのだと、お妙から教わった。

大奥での出世というのがどういうものか、お花にはよく分からない。とにかくお栄は、上を目指して励んでいたわけである。

「それなのにちょっとした手違いで、お庭を散歩なさる上様と出くわしてしまったのです。後日御年寄様から、上様の閨に侍る気はあるかと問われました。なんと、栄をご所望だというのです。それだけはご勘弁をと泣いて訴えましたら、病を得たということにしてお暇をくださりました。そういうわけで、今に至るのでございまする」

庶民であるお花には事情の摑めぬところもあるが、公方様のお手つきになるのを嫌って逃げてきたらしい。つまり目の前にいるのは、天下人を袖にした女子なのだ。

そんな大それたことをしてお手打ちになったりはしないのかと、気になってその場に留まってしまう。只次郎ですら、頭痛がするらしくこめかみを揉んでいる。

「上様のお手がつくのだって、出世には違いないだろう」

「叔父上は、まことにそう思われますか？」

苦言を呈してもすぐさま切り返されて、只次郎は目を瞑る。しばらく「ううん」と呻っていたが、次に目を開けたときには諦念のにじむ笑みを浮かべていた。

「なるほど、思わないな」

「やっぱり叔父上は、話が早うございます」

「でも堅物の兄上は、納得しないだろうね」

「そのとおりです。ゆえに栄は家に荷物だけを送り、身一つでここに参ったのです」

只次郎の生家があるのは仲御徒町。ここ神田花房町代地からは、いくらも離れてはいない。お栄の荷物だけが届いた林家では、今ごろわけが分からず大騒ぎになっているはずだ。

やっぱり只次郎の姪御様と言われるだけあって、二人は型破りなところがよく似ている。だが只次郎の兄は、違うのだろうか。

「父上に知られたら、御目玉を食らうに決まっております」

そう言って、お栄は唇をちゅんと尖らせる。

「だからといって、なにも知らせぬわけにはいくまいよ」

お花に向かって「ありがとう」と笑顔を見せ、只次郎がずずとアラ汁を啜る。お栄もそれに倣って、汁物の椀を手に取った。

あっ、骨に気をつけるよう、伝えるのを忘れてた。

だけど二人は深刻そうな顔をしているし、口を挟むのも憚られる。どうしたものかと躊躇っていたら、只次郎が「ふう」と息をついて箸を置いた。

「さて、そろそろ来るころかと思うけど」

誰が？　と思ううちに、表戸がそろりと開く。中の様子を窺うようにして入ってきたのは、顔も目も鼻もまん丸い、武家の下男風の男である。

「久しいね、亀吉。こっちだ」

衝立越しにも分かるよう膝立ちになり、只次郎が手を上げる。その物言いからすると、男は林家の奉公人であろう。お栄に飯を食べさせている間に、仲御徒町まで人を遣っていたらしい。

「へえ、ご無沙汰をしております。お栄様も、お変わりないようで」

幾許かの厭味を込めて、亀吉が慇懃に頭を下げる。迎えを寄越されたと悟り、お栄はぷいとそっぽを向いた。

「嫌です。帰りませぬ」

なんと我儘な姫様だろうと、お花は目を瞠った。

亀吉が、困ったように只次郎を見遣る。

「嫌ではすまないよ。お前の奥勤めのために、口を利いてくれた人だっている。自分の口からきちんと、経緯をお話し申し上げるのが筋だろう」

「嫌です。父上に、栄の気持ちは分かりませぬ！」

梃子でも動かぬと言いたげに、お栄はぽかんと立っていたお花の腕に抱きついてきた。無理に連れてゆくつもりなら、この子も連れてゆくぞという脅しだ。

襷掛けをして捲れた腕に、柔らかな絹物が触れている。暇を頂戴した際に、御年寄様からいただいた着物だという。無下に振り払うこともできず、呼吸をすることさえ憚られた。

衝立があるとはいえ、店内の客もなにごとかとこちらを気に掛けている。こんなところで武家の姫君が騒いでいたら、家名に傷がつくのではなかろうか。

するとお妙が調理場から出て、近づいてきた。警戒の眼差しを向けるお栄に、にっこりと微笑みかける。

「もう日も暮れました。外歩きも物騒ですし、お帰りになるのは明日でいいのではありませんか？」

お栄に話しかけているようでいて、これは只次郎に無理強いはせぬようにと告げている。亀吉も嫌がるお栄を引きずって帰るのが面倒なのか、小刻みに頷いてみせた。

只次郎は首の後ろを掻きながら、これ見よがしに息をつく。

「分かりました。その旨を手紙にしたためるから、少し待っておくれ」

後半は亀吉に向かって言い、やれやれと立ち上がる。そのまま二階へと続く暖簾を掻き分けて行った。

お栄に絡みつかれた右腕が、さらにぎゅっと締めつけられる。見下ろせばきらきらと、涙の膜が張った双眸が輝いている。

「ありがとうございます、お妙さん、お花さん」

お妙はともかく、お花はなにもしていない。

この横紙破りな姫君をどう取り扱えばいいのか分からぬままに、お花は「はぁ」と頷いた。

四

どうして、こんなことになってしまったのだろう。

夜具が二組、ほぼ隙間なく敷かれている。その片方に、お花は呆然と座り込んでいた。

行灯の明かりがぼんやりと揺れる『春告堂』の二階では、鶯たちが止まり木に羽を休めて眠っている。鳥籠は三つ。美声で知られるハリオ、その姉妹であるサンゴとコハク、お花が拾った卵から生まれたヒスイが分けて入れられていた。

「そうですか。ルリオとメノウは死んでしまったのですね」

それぞれの籠を覗き込み、長襦袢姿になったお栄がしょんぼりと肩を落とす。先代の鶯を、よく知っているような口振りだ。只次郎が林家の部屋住みだったころには、世話をよく手伝ったという。

「久方振りに、明日は栄が練り餌を拵えましょう。こう見えて、得意なのですよ」

鶯の練り餌作りは、お花の毎朝の仕事である。余計な手出しは無用だが、やんわりと断る術もなく、曖昧に笑い返す。

すでに夜四つ（午後十時）過ぎ。店を閉め、床に入る頃合いだ。『ぜんや』の内所に四人雑魚寝は姫君には窮屈だろうと、『春告堂』で寝てもらう用意をしていたら、お栄が「お花さんと一緒がようございます」と言いだした。

武家の姫君と、二人きりにされるなんて冗談じゃない。気が張って、一睡もできなくなりそうだ。それなのにお花が面食らっているうちに、こちらに夜具が運び込まれて手筈が整ってしまった。

どうしよう。なにを話せばいいのか、さっぱり分からない。暑くもないのに脇の下に、じわりと汗が滲み出る。

こうなったら、寝たふりだ。お花はぱたりと横たわり、夜着を胸元まで引き上げる。灯芯は一本にしてあるから、行灯はそのままにしておいても構わない。

そのまま目を瞑っていたら、衣擦れの音がして、お栄も隣に寝たようだ。枕の位置を直しながら、「ふふふ」と鼻にかかった声で笑う。

「奥ではいつも、こうして同輩たちと寝ていたのです。一人の夜には、当分慣れそうにありませぬ」

お栄はわずか八つで奥に上がり、今日まで宿下がりもしなかったという。七年もそうやって暮らしたのなら、習慣として身に染みているはずだ。お花と一緒に寝たがったのも、無理からぬことかもしれない。

「お花さんは、叔父上の子になってどのくらいです？」

寝たふりをしているのに、お栄は気にせず話しかけてくる。聞き流すのは申し訳なく思え、お花は短く答えた。

「四年と少し」

もっと丁寧な言い回しを心がけるべきだろうが、慣れていないので分からない。お花の言葉遣いに頓着する様子もなく、お栄は「そうなのですね」と先を続けた。

「叔父上は、ずるうございます。自分だけ生まれ持ったしがらみを抜け出して、幸せそうに暮らしておられる。それを喜ばしいと思いながらも、羨ましゅうてしかたがありませぬ」

しがらみというのは、武家に生まれついたことだろうか。そんな愚痴を聞かされても、お花にはどうにもできない。生返事を返しながら、このまま寝てしまおうと試みる。

だが次のひと言で、ぱっちりと目が開いてしまった。

「栄もお花さんのように、はじめから町人として生まれとうござりました」

お花は武家のお姫様に、羨ましがられるような身の上ではない。堅物だという父親とは反りが合わぬようだが、お栄は親の気分次第で折檻されたり、飯を食わせてもらえなかったりしたことがあるのだろうか。

そうでなくとも町人の多くは朝から晩まで必死に働き、どうにか暮らしを立てている。お上からの禄を食んできた武家の娘に、町人のなにが分かるというのだろう。

胸の中が、もやもやする。だがそれをうまく解きほぐし、言葉にすることができない。ただこの姫君のことを、苦手だと感じるばかりだ。

己の意見をはきはきと口にして、無理にでも押し通す心根の強さ。それでも我儘とは誹られず、許されてしまうだけの愛嬌。只次郎には「お栄」と呼ばれて可愛がられ、はじめて会うお妙やお勝にも好もしく受け入れられている。羨ましいと言うならば、お花のほうだ。自分だってできるならば、そんな娘になりたかった。

「叔父上の勧めに従い、せめて大奥で出世してやろうと奉公に上がってみましたが、まさかこんなことになろうとは。しくじってしまいました」

しかも公方様に見初められるのは、身に余るほどの誉れであるはずなのに。なにが気にくわないのかと、素朴な疑問が持ち上がる。

「大奥には、公方様のお嫁さんになりに行くんじゃないの？」

「違いまする。大奥三千人とも言われる女子の中で、お手がつくのはほんの一部。ほとんどが『お清』にございます」

「お清？」

「上様のお手のついていない女中のことです。その逆のお手つき中臈様は、『汚れた方』とお呼びするのです」

それはまた、ずいぶんな言い様ではないか。とても名誉ある立場とは思えない。

「なんだか、ひどいね」

「ええ、ひどいのです。お手つきになり御中臈に上がったとて、それっきりお呼びがかからぬ方もおられます。まして今の上様は色好み。次々と目移りなされます。御子ができなければ御中臈止まり。それなのに一度でもお手がつけば、宿下がりも許されませぬ。女として顧みられることもなく、実家の後ろ盾もないとなれば、翼をもがれた小鳥のようにただひっそりと生きてゆくしかないのです」

お栄は息つく暇もなく、「汚れた方」の不遇をつらつらと並べ立てる。そっと首を巡らせ横を向いてみれば、見開かれた双眸が薄暗い中に光っている。

「林家は旗本とはいえ小十人格にすぎませぬから、栄など『汚れた方』まっしぐらにございます。そんな惨めな境遇を、ありがたがれというのは酷な話。栄は『お清』のまま出世したかったのでございます」

だからこそ、お栄は公方様を袖にして逃げてきた。そんな苦しい胸の内を、こうして誰かに吐き出したかったのかもしれない。その相手として同い年のお花が選ばれて、今こうして並んで寝そべっているのだろう。

十五の娘が花を散らされ、そのまま捨て置かれるなんて、つらいことには違いない。だが御中臈といえば、お花にとってみれば雲の上の身分である。お栄が町人の暮らしぶりを分からぬように、お花だってその惨めさを、真に理解することはできない。

この方は、私とはまるで違う。

お花から見れば身分があり、気概もあり、人から好かれる才もある。それでも己の意のままに生きるのは難しい。この世のままならなさは、誰彼構わず絡め取ろうと無数の触手を伸ばしてくる。お花が歩む道にもまだ、この先に大きな落とし穴がある気がしてならない。

どのくらいの時が経っただろうか。目を見開いて天井を見つめていると、やがて隣から微（かす）かな寝息が聞こえてきた。唐突な進退の変化に、お栄は身も心も疲れきっているのだろう。

一方のお花は、今夜は眠れそうにない。明かりを絞った行灯の炎に煽（あお）られ、周りの物の影が化け物（ばけもの）のように肥大して揺らめいていた。

べったら市

一

行列の先頭で、提灯が揺れている。

先導する、寺男の持つ提灯だ。そのすぐ後ろを、袈裟を身に着けた寺の坊主が歩いてゆく。

輿に取りつけられた長柄が肩に食い込んで、熊吉は微かに眉を寄せた。重さはさほどでもないのだが、担ぎ手の中で一人だけ身丈があるぶん、体が傾いでしまう。伸ばしているほうの腰も、だんだん強張ってきた。

担い手は熊吉の他に、只次郎と三文字屋、それから升川屋。菱屋のご隠居が紙旗、三河屋が蠟燭、俵屋の旦那様が香炉を持ち、ゆっくりと先を歩いている。

輿のすぐ前をゆくのは、近江屋の番頭だった男だ。痩せこけて髪も薄くなっており、しょんぼりとうつむいている。胸の高さに掲げているのは、位牌だった。

升川屋の離れに引き取られていた近江屋が、ついに息を引き取った。最期まで正気を取り戻すことがなく、申し開きの一つもなかったと聞いている。かつては日光東照宮の修繕に関わるほどだった大商人の、あっけない幕切れであった。

薄暮の中を、葬列は静かに進んでゆく。熊吉はいつものお仕着せに白い上っ張りを羽織っており、その他の者はやはり白の上下を着ている。棺を乗せた輿の後ろには本来参列者が続くはずだが、それは一人もいなかった。

こうやって葬式を出してもらえるだけでも、ありがてぇことだ。

腰に軋みを覚えつつ、熊吉はそう思う。

お妙の前夫を殺しておきながら、裁かれることなく生き長らえた大罪人。それどころか『ぜんや』に馴染みの旦那衆を逆恨みして、非情な賊と手を組んだ。

その行いを思えば畳の上で死ねて、弔いまでしてもらえるとは、過分な待遇に違いない。近江屋の骸など、そのへんに打っ遣られても文句は言えないはずだった。

それでも縁のあった人を見捨てるのは忍びないと、近江屋の最期を看取ってやり、葬儀を執り行ったのは升川屋だ。他の旦那衆もまた求めに応じ、こうして野辺の送りに加わっている。

まったく、お人好しだぜ。

以前の熊吉なら、素直に呆れていたかもしれない。だが今なら升川屋の情けが純粋な厚意からくるものではないと、分かる気がする。

先だって熊吉は、同じく大罪人である長吉に逃亡を促した。でも別に、庇ってやりたかったからじゃない。熊吉のことが嫌いだという理由で大切な人たちを害しようとしたあの男を、許すことはとうていできない。だからといってその裁きを、御奉行様に任せる気にもなれなかった。

大嫌いな熊吉に助けられたその命で、苦労をしながらどうにか生き延びてほしい。死んでしまったほうがマシと思える夜があったとしても、岩に齧りつく思いで踏ん張ってもらいたい。人は生きている間でなければ、改心することはできないのだから。

升川屋もそんなふうに、なにか思うところがあって近江屋を助けたのだろう。文句も言わずに葬儀に参列している旦那衆も、きっとそう。切れ者の彼らが、ただ優しいだけのはずがなかった。

さてこの葬列も、そろそろ終わりだ。目指していた檀那寺の門が開き、先導の寺男から順に、境内へと吸い込まれていった。

二

神無月十九日。近江屋が息を引き取った日から数えて七日目のその日に、檀那寺に於いて初七日の法要が営まれた。

参列者は、葬儀にもいた面々である。熊吉も俵屋の旦那様の供という名目で、お堂の隅に控えていた。

命日を含めた七日後に、故人は三途の川のほとりに到着するという。川の渡りかたは三つあり、善人は金銀七宝の橋を、軽い罪を犯した者は浅瀬を、重罪人は激流の難所を渡ることになる。どの手段になるかは裁きで決まるため、無事渡れるようにという願いを込めて法要が執り行われるのである。

近江屋など、激流の中を喘ぎながらゆけばいい。そんな思いがあるせいで、法要にいまひとつ身が入らない。

葬式はともかく、法要までしてやる義理はないんじゃねぇかな。

小半刻（三十分）ほどで終わるはずの読経がやけに長く感じられ、熊吉は欠伸を嚙み殺す。

近江屋の元番頭だけが熱心に手を合わせ、坊主の読経に合わせてぶつぶつとなにかを呟いていた。

「よし、じゃあ行くか」

法要を終えて檀那寺の門から出たとたん、それまで神妙な顔をしていた升川屋が晴れやかな眼差しでそう言った。

「ええ、行きましょう。こちらです」

皆を案内しようというのか、只次郎が先頭に立って歩きだす。

べつに引率されなくとも、行く先は分かっているのだが。深川の寺から神田花房町代地まで、旦那衆がぞろぞろと連れ立ってゆく。

最後尾を歩きつつ、熊吉は念のため周りに視線を走らせる。日は出ているものの、木枯らしが吹きすさび、町ゆく人は肩を縮めて足早に通りすぎてゆく。熊吉の前を歩くお人たちが何者か、誰も気づく様子はないが、気を張るのが癖になってしまった。

いざとなりゃこの身を盾にしてでも、旦那様たちを守らなきゃな。

熊吉が不届き者に刺し殺されたとしても、何人かが惜しんでくれて終わりだが、旦那衆の場合そうはいかない。彼らには守るべき家と、奉公人がある。凶事が起これば家中が乱れ、路頭に迷う者が出てくるかもしれなかった。

そう、たとえば憔悴した様子で熊吉の前をゆく、近江屋の元番頭のように。

材木問屋近江屋の番頭となれば、かなりの出世頭であったはず。近江屋が妄執に囚われることなく商いに精を出していたならば、今ごろ暖簾分けをしてもらって自分の店を持っていたかもしれぬ身だ。

それなのになんの因果か主人の没落につき合って、ついに取り残されてしまった。近江屋は己の我だけを通して生き、死に水まで取ってくれたこの男に、なにも残しはしなかった。

あんまりだよな。と、同じ商家の奉公人として同情する。聞いたところによると、元番頭はすでに四十半ば。この先の身の振りかたは、まだ決まっていないそうだ。

長さ百八間におよぶ新大橋を渡り、日本橋界隈を抜けてゆく。馴染みの深い景色にうっかり油断しかけるが、まだいけないと気を引き締める。

向かう先の、神田花房町代地まではあと少し。御成街道を北へと進むうちに、目当ての家が見えてくる。居酒屋『ぜんや』である。

表の戸は閉まっており、『本日夕七つより貸切』の貼り紙が出ている。先頭の只次郎が、なんの頓着もなくその戸を開けた。

「ただ今帰りました」

只次郎に続き、旦那衆もぞろぞろと中へ入ってゆく。近江屋の元番頭も、怖じ気づいたかのように周りを見回しながらついて行った。それを見届けてから、熊吉も『ぜんや』の敷居をまたぐ。

そのとたん、体の強張りがすっと抜けた。

甘辛い煮物のにおいに、香ばしいなにか。竈の熱と立ちのぼる湯気のお陰で、戸口でもずいぶん暖かい。そういえば寺のお堂に火の気はなく、我知らず体が冷えていた。そんなことを、温もりに触れてようやく気づく。

見世棚にはお菜がいくつか並んでおり、浸し物に使われた菠薐草の緑が鮮やかだ。お花が先に入った旦那衆を小上がりへと案内しており、お勝はさっそく酒の用意をしている。

「おいでなさいませ」

床几の脇に立って貸し切りの客を迎えていたお妙が、遅れて入ってきた熊吉に気づき、にっこりと微笑みかけてきた。

「許してくれとは申しません！」

近江屋の元番頭が小上がりに落ち着くでもなく、土間に両手をついている。

勝手口から戻ってきた熊吉は、なにごとかと目を剝いた。

『ぜんや』に着くなり安心したのか尿意を覚え、裏の厠で用を足してきた。出すものを出してしまうと、風がいっそう冷たく感じる。ぶるりと身を震わせながら戻ってみると、店ではよく分からない事態が巻き起こっていた。

「ですがまことに、申し訳ございませんでした」

元番頭が勢いよく、土間に額をこすりつける。その正面に佇んでいるのは、お花である。あきらかに困惑し、もの問いたげに視線を周囲に散らしている。

「私が見て見ぬふりをせず旦那様をお止めしていれば、あなたが恐ろしい思いをすることもなかったのに。伏してお詫び申し上げます」

お花の表情が窺えない元番頭は、なおも詫びの口上を続ける。それを止めようとする者は、誰もいない。

只次郎がすすすと近づいてきて、熊吉の耳元に囁いた。

「前々から、お花ちゃんに謝りたいと言われていてね。それで連れてきたんだよ」

初七日の法要の後は、『ぜんや』で精進落としをする手筈になっていた。むしろ法要よりも、そちらが目当てと言っていいくらいだ。元番頭もあたりまえについてきたから、一緒に飯を食べるものと思っていた。

さっきまで抱いていた同情心に、揺らぎが生じる。そうだこの男は、近江屋を諫めようと思えばできる地位にいた。主人が家の中に賊どもを引き入れるに至るよりずっと前から、番頭として言うべきことがあったはずだ。

しかし彼は、唯々諾々と近江屋に従うだけでなにも言わなかった。この男が己の役割をまっとうしてさえいれば、家が傾くことも、賊どもと交わることもなかったのかもしれない。過ぎたことを責めても仕方ないが、元番頭だって、ただの被害者ではないのだった。

お花は周りを見回して、どこからも助け船が出ないと悟ったようだ。お妙に強く頷き返され、覚悟を決めたように胸の前で拳をぎゅっと握る。

「うん、許さない」

小さいが、確固たる意志のこもった声だった。

「本当に、殺されるかと思ったから。でもおじさんが、悔やんでいることは覚えとく」

すぐ隣で様子を見守っていた只次郎が、「ほぉ」と感心したように息をつく。熊吉もまた、意外に思ってお花の顔をまじまじと見た。

以前の彼女であれば、相手の謝罪に流されて「許す」と口走っていたはずだ。大の男が土下座までしているのだから、受け入れないと申し訳ない。そう感じて、己の心持ちは二の次にしてしまうのだ。

いつだって自信がなく、熊吉以外の人間には口答えもできない子だったのに、変わったものだ。いいやお槇につけられた傷を乗り越えるためには、変わらざるを得なかったのか。

今のお花は瞳(ひとみ)こそ潤(うる)んでいるものの、唇(くちびる)は意志の力できゅっと引き結ばれている。

この娘はようやく嫌なものは嫌と、真正面から言えるようになったのだ。

元番頭は面(おもて)を上げ、お花の顔を呆(ほう)けたように眺めていた。やがて苦しげに眉を寄せると、もう一度頭を下げてから立ち上がる。

「どうも失礼しました。ありがとうございます」

周りを見回して何度か腰を折り、そのまま重い足取りで戸口へと向かった。

「気をつけて帰りなよ」

戸を開けて去ろうとするその背中に向かって、升川屋がそう言った。

三

元番頭が帰ってからしばらくは、あたりに白けたような気配が漂っていた。

あの男はお花への謝罪を通して、自分自身の苦しみを和(やわ)らげたかったのだろう。

「許してくれとは申しません」と言いつつも、十五の小娘ならば御しやすいと踏んだのだ。

まったくもって、人というものをなめている。その思惑が透けて見えるせいで、後味が悪かった。

「あの、ごめんなさい」

周りの気配を敏感に察し、お花がしゅんと肩を縮める。

「とんでもない。立派だったよ」

只次郎がすかさず両腕を広げ、愛娘に駆け寄って行った。しかしお花のことを抱きしめたのは、お妙だった。

「そうよ、あれでいいの。自分の気持ちを、正直に言えたわね」

「ありがとう、おっ母さん」

お花もまた、お妙にぎゅっと抱きついた。この二人はいつの間にか、本当に母娘のようになっている。

そんな二人の絆を横目に見つつ、只次郎は広げた腕を持て余していた。燗のついたちろりを手に、お勝がするりとその腕を己の胴に巻きつける。

「なんだい、アタシが抱かれてやろうか？」

それを機に、旦那衆がどっと笑った。菱屋のご隠居など、「そりゃあいい」と手を叩いている。

ひとしきり笑ってから、この会の主催となる升川屋が「さぁさ」と声を張り上げた。

「こうして皆で集まるのも久し振りだ。なまぐさも食べられるようになったことだし、今宵は存分に『ぜんや』の料理を楽しもうじゃねぇか」

本来なら「よっ」と景気のいい掛け声が上がり、手を叩いて喜ぶ場面である。それなのに真っ先に上がったのは、「えっ！」という驚愕の声だった。

「升川屋さん、なまぐさを絶っていたんですか」

目をまん丸にして、そう尋ねたのは三文字屋だ。鼻の横のホクロも、ひくひくとうごめいている。

「もちろん、そういう習いだからな」

初七日は葬儀後はじめて、なまぐさを口にする日である。それゆえ法要の後には、精進明けの料理が振る舞われるのだ。

ところが旦那衆は升川屋の主張に、息を合わせたかのように首を振った。

「でも近江屋さんは、べつにお身内じゃありませんし」

「潔斎するほどの義理はないものと」

「律儀だねぇ、升川屋さんは」

俵屋の旦那様と菱屋のご隠居、そして三河屋が、口々に否やを唱える。

「そうですね、私もお妙さんの料理をあたりまえに食べていました」

只次郎にまで裏切られ、升川屋は世を儚むように天を仰いだ。

「なんだよ。じゃあ我慢してたのは俺だけかよ」

大袈裟な。さっきまで抱き合っていたお妙とお花の母娘も、その様子に声を上げて笑っている。

「ちくしょう。お妙さん、今日のなまぐさはなんだい？」

「身欠き鰊と魳、あとは海老ですね」

「よし。こうなりゃ俺は、人一倍飲み食いしてやる！」

そう言って、升川屋が腕まくりをしてすごむ。

「ああ、そりゃあよかった」と、お勝が手にしていたちろりをようやく小上がりに置いた。

「ほら、皆さっさと盃を手に取りな。燗をつけてやった酒が、冷めちまうだろ」

お勝の剣幕に、逆らえる者はいない。

旦那衆は居住まいを正し、只次郎も慌てて小上がりに落ち着いた。

小上がりの面々に盃が回り、料理が運ばれてゆく。

熊吉は、ただのお供だ。まさか同席するわけにいかず、床几に控えておくとする。料理の相伴には与れるようで、お花がこちらにも折敷を運んできた。

「蕪の葉のきんぴらと、酢どり蕪。それから薄墨豆腐です」

お妙の真似事のようだった料理の説明も、板についてきたものである。

「薄墨豆腐？」

「うん、黒胡麻と白胡麻を合わせて擂ってあるの」

出汁で煮た豆腐の上に、それがたっぷりと載っている。なるほど、黒と白を混ぜているから薄墨というわけか。いかにも法事らしい趣向である。

蕪の葉のきんぴらはまた醤油色にこってりと染まり、酒との相性がよさそうだ。小上がりでは只次郎が早くも「うまーい！」と声を発しており、羨ましいことこの上ない。

だけど今は、我慢我慢。酒を欲する気持ちごと、唾をごくりと飲み下す。

それなのにお勝がちろりと盃を持って、こちらにやって来るではないか。

「いや、お勝さん。さすがに酒は――」

供の者が酒で寛ぐわけにいかないと、手を突き出して断ろうとした。だがそれより先に、俵屋の旦那様が首を伸ばすようにして振り返る。

「今宵は構わない。清めの酒です」

人の死という穢れに触れたのだから、気にせず飲めと言う。特に近江屋の穢れは強そうだ。断る理由がなくなり、熊吉は素直に盃を受け取った。

酒は前もって升川屋から運び込まれたという上諸白。熊吉風情がめったに口にできるものではない。注がれたのをそっとすすると、華やかな香りと共に米の旨みが口の中に広がった。

「ふぁ」と夢心地の声を上げ、余韻を楽しんでからきんぴらをつまむ。甘辛い醤油の風味と蕪の葉のほろ苦さが酒にとろけた舌を引き締めて、なんともまぁ旨いこと。

思い返せばもう長いこと、酒を飲んでいない。最後に飲んだのは、上方にいたときか。江戸に戻ってからすぐに盗賊騒ぎがあったと知り、酒を楽しむ余裕もなかった。だからよけいに、染み渡る。次に箸をつけた薄墨豆腐は胡麻の風味が香ばしく、これまた酒の供になる。

「もう少し寒くなったら豆腐をひと晩外へ出して、凍らせても美味しいの」

菠薐草と椎茸の浸し物を膝先に置きながら、お花がいっぱしのことを言う。ようするに、凍み豆腐だ。凍って水気が抜けたぶん、出汁をよく吸い込んで、さぞかし旨いに違いない。

「そうか。ならもちっと冷えるのを楽しみにしてらぁ」

二の亥の日はすでに過ぎたから、足元には火鉢が置かれている。これからが、冬本番。それでも旨いものが食べられるなら、凍てつく季節さえも待ち望める。

「ところでさっきの番頭さんは、この先の身の振りかたをどうするつもりなんでしょう」

ひととおり酒で喉を潤したらしく、小上がりの旦那衆が四方山話をはじめた。切りだしたのは三文字屋だ。

「ああ、それならうちで雇おうと、考えちゃいるんだが」

出汁醤油で和えた浸し物に舌鼓を打ってから、升川屋が答えた。

「今さら放り出すのも可哀想だろ。さすがに番頭ってわけにゃいかねぇが、それなりの待遇で迎えてやれたらと思ってる。だがそうなると、お志乃がなんと言うかだなあ」

升川屋のご新造であるお志乃は、お妙の前夫の仇である近江屋を毛嫌いしており、離れに引き取ったときにもひと悶着があったはず。その縁者を身内に引き入れるとなれば、必ず諍いを生むだろう。

元番頭を見捨てるには忍びないが、お志乃が落とす雷も怖い。やれやれと、升川屋がため息をつく。

「ただでさえお志乃の奴、臍を曲げていやがるんだ。そろそろ百代が生まれて一年だから、『ぜんや』で祝おうかと相談してた矢先に、こんなことになっちまったろ。祝い事を台無しにされたと、そりゃあもう怒っていやがるんだ」

己で命を絶つのではないかぎり、人は死ぬ日を選べない。とはいえ、間合いの悪いことである。お志乃にしてみれば近江屋の葬式を出してやったことにも、納得がいっていないのだろう。

「それはまぁ、頃合いを見たほうがよかろうね」

家の中に厄介事を持ち込まれるのを、ご新造が嫌がるのもあたりまえ。旦那衆も顔を見合わせて、うんうんと頷き合っている。

「ところで、お妙さんはどうなんです。近江屋さんの死や、こうして法要の料理を作ることに、なにか含むところはありませんか」

話題を転じ、聞きづらいことを尋ねたのはご隠居だ。調理場で料理の盛りつけをしていたお妙が、見世棚越しに顔を上げる。

前夫を殺され、懲りることのない悪行により、養い子のお花までが危険にさらされた。あらためて聞かずとも近江屋への怒りは、お志乃の比ではないはずだった。

「それはもちろん、ありますけれど――」

しかしお妙はちょっと考えるように眼差しを動かして、こう答えた。

「すでに亡くなった方のことをあれこれ言っても、しょうがないですから」

ようするに恨みつらみは、胸の内に留めておくということか。

あれほど身の回りを騒がせた近江屋は、もういない。良心の呵責にさいなまれもせず、木乃伊のように干からびて、死んでしまった。今さら怨憎をぶちまけるのは、たしかに虚しいことだろう。

「それよりもさぁ、鰤が焼き上がりましたよ」

さっきから、焼き魚の香ばしいにおいがすると思った。お妙は一転して笑顔になり、焼き上がった端からどんどん見世棚に並べてゆく。

「焼けばまだありますから、なまぐさを存分に召し上がってくださいね」

「おお、そりゃありがてぇ！」

お勝がまず真っ先に、なまぐさ絶ちをしていた御仁の前に皿を置く。

鰤は細長い魚だから、一人に一尾。そのぴんと反った焼き姿を見て、升川屋は子供のように目を輝かせた。

四

鰤はなんと言っても塩焼きだ。鰤の一升飯という言葉は、まさにこの塩焼きを言うのである。これをお菜にすれば、飯を一升食べられるという意味である。

添えられた青柚子をジュッと絞り、そのまま手摑みでかぶりつきたいところだが、生憎鰤は骨が多い。箸でほぐし、パリッと焼けた皮ごと口に運ぶ。

「ああ、なんて旨さだ」

感極まった呟きは、升川屋のもの。熊吉もまた、目を瞑って鰤の旨みを堪能する。

晩秋から初冬にかけての鰤は特に肥えており、炭火でじっくり焼けば身の内から滲み出た脂で表面がまるで揚げたようになる。この香ばしさがまさしく、一升飯の由来であろう。

「もう一尾焼きますか」

「お願いします」

お妙に問われ、答えたのはなぜか只次郎。

「待ってくれよ只さん。これは俺に聞いてんだろうよ」と、升川屋が文句をつける。

「まぁまぁ、落ち着きなさい。この後はまだ、身欠き鰊と海老が控えているんです
よ」

さすがのご隠居は、お妙の言葉をよく覚えている。

「平気です、いけます」

「ああ、俺にも焼いてくんな」

しかし只次郎と升川屋の食い気は、留まるところを知らぬようだった。

「それにしても升川屋さんとこのお百ちゃん、生まれてもう一年か。早いもんだね」

鰤を食べ終えてからきゅっと酒を呷り、三河屋が感慨深げに息をつく。特にこの一
年は騒動続きで、時が過ぎるのは早かった。

「そうだろう。俺だってびっくりだ」

実の父親ですら、そう思うらしい。

「升川屋さんのところは跡取りもしっかりしていますから、将来安泰ですね」

俵屋の旦那様が盃を傾けながら、升川屋の長子を褒める。熊吉の目から見ても、千
寿は歳のわりに大人びている。

「だといいんだがな。ところで跡取りといえば、近江屋さんはあれほどの大店だった
のに、なんで世継ぎがいなかったんだ？」

「ああ、それはですね。どうやっても子ができなかったからですよ」

お妙の前夫、善助殺しの真相を探るため、近江屋のことはひととおり調べたのだろう。ご隠居がいとも簡単に、升川屋の問いに答える。

「あの人は近江屋の先代に引き抜かれて婿に収まりましたからね。子に恵まれなくとも離縁はできず、こっそり囲う女も幾人かいたようですが、やはり駄目で。おそらく子種がなかったんでしょう」

熊吉にとってもそれは初耳だった。野心に燃えて悪事にまで手を染めた近江屋にも、どうにもできぬことがあったらしい。

「ならさっさと、養子でもなんでも取りゃいいじゃねぇか」

「近江屋は、あの人の代で大きくなったでしょう。どうしても、血を分けた我が子に継がせたかったみたいですよ。そうこうするうちにお内儀に先立たれ、商いも傾いていったわけですが。案外さっきの番頭さんは、養子の地位を狙ううちに逃げ遅れてしまったのかもしれませんね」

さもありなん。ご隠居の解説に、熊吉は内心頷く。元番頭の立ち回りの下手さを思えば、そういう事情もあったのだろうと推察された。

「なるほどなぁ。まぁ今となっちゃ、跡取りがいなくてよかったんだが」

升川屋がちろりを手に取り、軽く振る。中身が少なくなっていたらしく、お勝に合図をしてから、盃が空になっていた三河屋に注いだ。

「ああ、すまないね。それはそうと、俵屋さんのところの若旦那とお梅ちゃんはどうなっているんだい？」

跡取りの話題から、急に矛先が俵屋に向いた。他の旦那衆も気になるらしく、軽く身を乗り出している。

旦那様は残っていた浸し物をひょいとつまみ、「はて」と眉根を寄せた。

「どうなんでしょう。今の若いのは、よく分かりません」

若旦那とお梅は、今月も一度『ぜんや』で共に昼餉を食べている。熊吉は同席せぬようにしているが、お花によればとりとめのない話をするばかりで、縁談のえの字も出ないそうだ。十五の小娘にすら、「本当に、あれでいいのかな」と心配されているくらいである。

「息子をせっついても、もう少しお互いを知る必要があると言うばかりでして」

「なんだいそりゃ。そんなもんは嫁にもらってから、ちょっとずつ知ってきゃいいじゃねぇか」

升川屋は家同士の取り決めで、お志乃とは初対面で夫婦になっている。心底意味が分からないと、首を傾げた。

そうはいっても若旦那が旦那様に、急かさないでほしいと面と向かって言えたことは大きな進歩だ。あのお人も歩みは遅いながら、やっと縁談に前向きになったのである。

「人それぞれ、相応しい時というのがあるんだよ」

新たな酒を運んでいったお勝が、小上がりの会話に加わる。「ほら」と言って、鮪の身をしつこくほじっている只次郎を顎先で差した。

「思い返してみな。出会ったばかりのころにこの人がうちの妙に粉をかけたって、けんもほろろに断られたに違いないよ」

「えっ、ひどい」

昔のことを蒸し返されて、只次郎がぽかんと口を開ける。旦那衆は、「ああ、たしかに」と目を見交わした。

ちょうどお妙が、両手に皿を持って調理場から出てきたところである。お勝が「ねぇ」と、肩越しに振り返る。

「どうだいアンタ。自分でもそう思うだろ?」

「ええ、そうでしょうね」

「そんな、お妙さん」

なにを傷ついているのだか。熊吉から見てもあのころの只次郎は、お妙にまったく相手にされていなかった。印象はせいぜいよくて、弟のような若者といったところだ。

「やだ、可哀想」

お妙に続いて皿を運んできたお花が、小さな声で同情を寄せる。それがかえって残酷で、熊吉は危うく笑いだしそうになってしまった。

誰の目にも、明らかな高望み。にもかかわらず、よくぞお妙を射止めたものだ。それもひとえに只次郎の、粘り強さと機を見る才によるものか。

「だからもう少し、待ってください。お二人のことは、『ぜんや』で見守っていますから」

そんなわけでお妙の微笑みには、旦那衆を説き伏せるだけの力があった。

「お妙さんにそう言われちゃ、敵いませんね」

俵屋の旦那様が、降参とばかりに肩をすくめる。孫の顔を早く見たいと逸る心を抑えられるのは、お妙以外にいなかったかもしれない。

ありがてぇ。若旦那のためにも、腹の底から感謝の念が湧き上がる。もはや『ぜんや』の方角には、足を向けて寝られやしない。

「よかった、お願いしますね。さ、こちらが次のなまぐさですよ」

折敷の上をお勝が手早く片づけて、空いたところにお妙が手にしていた皿を置く。

床几に座る熊吉からは見えづらく、思わず首を伸ばしてしまった。

「こちらは身欠き鰊と大根の炊き合わせ。そしてこちらは百合根、春菊、海老のかき揚げです」

皿の中身までは窺えないが、もはや言葉の響きだけで旨そうだ。

「二尾目の鰤も、もうすぐ焼き上がりますからね」

機嫌を取り結ぶように、お妙が只次郎の顔を覗き込む。

そんな気遣いをするまでもなく、只次郎は目の前の料理に気を取られ、満面に笑みを広げていた。

五

鰊は春告魚と呼ばれているが、卵を産む前の秋から冬にかけては身に脂が乗る。しかし遠い北の海から干物となって運ばれてくる身欠き鰊は、この脂が臭みや苦みのもとになる。それゆえ米の研ぎ汁に浸けてじっくりと戻し、余分な脂を浮かせるそうだ。戻した後に表面をさっと炙ってあるらしく、炊き合わせの鰊は臭みがあるどころか香ばしい。歯を立てるとほろほろと身が崩れ、旨みがじわりと広がってゆく。

「ううん、大根にも鰊の出汁が染みていて、味わい深いですねぇ」

只次郎は、旨いものさえあればご満悦。ちろりの酒が、もう一本追加される。

「かき揚げも、海老の歯応えはもちろんだが、百合根がなんとも言えねぇなぁ」

「ええ。ほくほくとしてほんのり甘くて、春菊のほろ苦さとも合いますね」

ほどよく酒が回り、旦那衆も恵比寿顔。白けた様子に始まった精進落としだったが、旨い料理に気持ちがほぐれ、和やかさに満ちている。鰤を二尾も食べた升川屋と只次郎は、いかにも満足げに腹を撫でていた。

最後に炊きたての飯と、葱と芋がらの味噌汁が供される。食べ盛りの熊吉も存分に腹が満たされて、体の芯まで温かかった。

頃合いを見計らい、それぞれのお店の小僧が提灯を手に主を迎えにくる。外はもう、すっかり暮れているようだ。

「忙しい中、皆こうして集まってくれてありがとうな。近江屋さんには含むところもあるだろうが、俺はいい会だったと思う。危難は去ったことだし、また集まって飯を食おう!」

帰り支度をする前に升川屋が姿勢を正して口上を述べ、それが散会の合図となった。

熊吉は帰路のために携えてきた提灯を広げ、お妙に火を分けてもらう。酒は飲んだが酔うほどでなく、足取りはしっかりしていた。

「それじゃ、お気をつけて」

『ぜんや』の前に只次郎とお妙が並び、手を振って見送ってくれる。外の風は冷たいが、腹が満たされているためか、さほど気にならなかった。

宵闇の中、各家の家紋をつけた提灯が揺れている。見る人が見れば、ぎょっと目を剝くほど豪華な面々だ。帰る方角は同じだから、小僧を先に立たせて旦那衆はのんびりと歩いている。

「そうだ熊吉、少し寄り道をしていこう。今宵はべったら市ですよ」

背後から旦那様に話しかけられ、熊吉は肩越しに振り返る。その意向に否やはない。

「かしこまりました」と頭を下げる。

べったら市は宝田恵比寿神社のお膝元、大伝馬町に立つ市だ。もとは十月二十日の恵比須講を控え、恵比寿大黒像や打出の小槌、懸鯛、切山椒などを売ったものだという。それがいつしかべったら漬け、すなわち浅漬けの大根が評判になり、それを商う店が大半になってしまった。

「あの市は年々賑やかになっていきますねぇ。人が多くて、家の出入りもひと苦労ですよ」

大伝馬町に居を構える菱屋のご隠居が、いささか迷惑そうに顔をしかめる。べったら漬けは塩で下漬けした大根を、さらに米麹と砂糖に漬けてある。市の立つ日は風向きによって、屋敷の中にまで麹の甘いにおいが流れ込んでくるという。

「まぁ、向かう先は同じですから共に参りましょう。みなさんはどうします」

ご隠居に尋ねられ、升川屋が「や、すまねぇ」と手刀を切った。

「あんまり遅くなるとまた、お志乃がうるせぇからよ。俺はこれで失礼させてもらうわ」

新川に住む升川屋は、この中で一番家が遠い。寄り道をしている暇はないと、詫びを言う。

「私も、あの市に行くと着物が汚れるので遠慮します」

縮緬の上等な羽織を着た三文字屋は、口元に袂を当ててホホホと笑う。白粉を取り扱っているだけあって、この御仁は洒落者だ。

「私は行こうかな。べったら漬けは好物だ」

三河屋は、酒の入った赤ら顔を提灯の明かりに浮き上がらせている。味噌問屋だけあって、麹を使った食べ物が好きらしい。

「では、三人で参りましょうか」

供の者を入れれば六人だが、奉公人は物の数に入らない。ぴりりと身の引き締まる寒さの中を、旦那衆はふわふわと、楽しげに歩いてゆく。

「うわ、本当にすげぇ人出だな」

宝田恵比寿神社の前の通りは、さほど広くもない。その両側に名入りの提灯がずらりと並び、露店が隙間なくひしめいている。そのせいでさらに狭くなった道幅に、買い物客がごった返していた。

垂直に交わる大横丁からその様子を眺め、升川屋が苦笑を浮かべる。こんな中でもみくちゃにされるなんて冗談じゃないと、三文字屋も眉を寄せている。

「じゃ、俺たちはこれで」

「ええ、お気をつけて」

二人とはそこで別れ、あらためて通りを窺う。買い物を終えて混雑から抜け出してくる者は皆、着崩れて髷も歪んでいる。

「さ、熊吉。行っておいで」

「ええっ！」

俵屋の旦那様に促され、熊吉は主従の関係も忘れて叫んでしまった。

「旦那様は行かないんですか」

「そりゃ私だって、ついでに恵比寿様にお参りしようと思っていたけども。この人混みじゃ無理ですよ。お前は私を、いくつだと思っているんだい」

たしかに旦那様は、元気だけれど若くもない。人混みに揉(も)まれて怪我(けが)でもされては大変である。

「ご隠居はどうします。屋敷まで先導しますか」

「いいえ私は、別の通りから入れますんで」

菱屋の敷地は広大で、いくつもの通りに面している。無理にここを通らなくとも、家には帰れるようである。

「私もここで待つよ。酒を過ごしちまったみたいだからね」

三河屋もまた、あまりの人出に尻込(しりご)みしたようだ。邪魔にならぬところにすすと寄って、待ちの姿勢を見せている。

「分かりました。それなら供の小僧を貸してください」

「いやいや、この子たちはまだ小さい。中に入ったら、押されて出てこられなくなってしまうよ」

人手がほしいと願い出ても、旦那様に止められた。菱屋と三河屋の小僧は、九つと十だという。まだ奉公に上がったばかりで、見るからに頼りない。

「いいです、一人で行ってきます。何本入り用ですか」

「そうですね、うちは十本」

「じゃあうちも十本」

「たしかに十本はほしいですね」

「ご隠居は近所なんですから、自前の奉公人に行かせてくださいよ」

その分を除いたとしても、二十本。奉公人を多く抱える大店ならば、そのくらいは必要だ。一度で運べる量ではないから、何度かに分けねばなるまい。

こんな場合、身丈があって力も強い熊吉に任せるのが最も早く事が済む。もはや立派に成長しすぎた己を恨むしかないと諦（あきら）めて、熊吉は手にしていた提灯を旦那様に託した。

六

赤々と点る提灯に照らされて、あたりは昼間のように明るい。一年に一度の市である。店の者も客もやけに高揚しており、人混みに割りこんだとたんむわっとした熱気が足元から上がってきた。

「べったり、べったり」と声を揃えているのは、使いに寄越された商家の小僧たちだろう。幼い彼らは人混みに押されるのすら楽しいようで、きゃあきゃあとはしゃいでいる。

いくらも行かぬうちにお仕着せの袖に、粘っこいものがべたりと押しつけられた感じがした。「うっ」と呻いて首をねじ曲げるも、周りはべったら漬けを提げた客でいっぱいだ。誰の大根が袖に触れたか分からない。

まさしくこれが、べったら漬けの名の由来。べたべたしているから提げて歩くと、自分にも周りの者にもべったりとつく。

中には縄に縛った大根をわざと「べったりつくぞぉ、べったりつくぞぉ」と言いながら振り回している若者もおり、着物を汚さずに乗りきることはまずできない。それゆえに、三文字屋は嫌がって帰ったのである。

べったり、べったり。べったり、べったり。

小僧たちの唱和が広がってゆき、着物を汚されたくない娘は逃げ惑う。まったくおかしな市である。

「ちくしょう、またやられた」

今度は尻にべったりやられた。それでも長身の熊吉は、肩から上は平気である。小柄な娘は髪までべとべとになって、「嫌だもう」とべそをかいていた。

さてさっさと、べったら漬けを買って出なければ。

べったら漬けなどどれも同じに見えるが、ご隠居が言うには通りの中ほどに、一番旨い店があるそうだ。首を伸ばして見回してみると、もっとも人だかりのしている露店がそれらしい。すぐ前にいる幼い子供を潰さぬよう踏ん張りながら、少しずつ近づいてゆく。

「すまねぇ、べったら漬け二十本。いっぺんにゃ運べねぇから、五本ずつ縄で縛ってくれ」

葉がついたままの大根の形で売られているべったら漬けを指差して、揃いの半被を着た男に注文する。こういう市ではあたりまえだが、はじめは高い値段をふっかけられるので、じりじりと値切ってゆく。

「五百文？　おいおい、冗談じゃねぇや。高すぎらぁ。二十本も買うんだぜ。相場よりまけてもいいくらいだ」

こういうやり取りには、喜びを覚える性質(たち)だ。「もうひと声！」と粘り、半値にまでまけてもらった。

「ありがとよ」と言いながら、それより少し多めに銭を出す。つい見栄(みえ)を張ってしまうところが、江戸っ子だ。

「半分は、すぐ取りにくるから置いといてくんな」

左右の手に五本ずつ提げて、もと来た道を引き返す。これで熊吉も、「べったり」の加害者だ。どれだけ気をつけても、むき出しのべったら漬けを人に触れさせずに通れるわけがない。自分の着物にまでべたりべたりと貼りついて、もはやどうとでもなれである。

「おやおや、ずいぶんべたべたになりましたね」

人に押されながらなんとか大横丁に戻ると、待っていた旦那様がくすくす笑った。菱屋のご隠居も屋敷に入らず立ち話をしていたようで、「粋(いき)ですよ」とからかってくる。いい気なものである。

「はい、ひとまずは十本。お受け取りください」

俵屋のぶんは後回しにして、まずは三河屋にべったら漬けを押しつける。

「はいはい」気軽に受け取った三河屋は、すぐさま「うわぁ」と顔をしかめた。

「さっそく袂にべったりついちまったんだが」

そりゃあそうだ。べったら漬けは着物の袖と相性が悪い。

「手に提げて歩くうちに、両膝もべたべたになりますよ」

熊吉は見本として、己の膝を指差した。このお仕着せは帰ったらすぐ洗わないと、虫がたかりそうである。

「うはぁ、結わえてある縄までべたべただぁ」

べったら漬けを小僧に持たせようとしないあたり、三河屋はこの状況を楽しんでいる。米麴のいいにおいがすると言って、鼻をすんすんと鳴らしている。

「それじゃあ、あと十本取ってきます」

そう告げて、熊吉は身を翻す。あの喧噪の中に引き返すのは億劫だが、これだけ汚れてしまえばもう、怖いものはない。

再び人混みの中に戻ってみると、足を踏んだのなんだのと、喧嘩がおっぱじまっていた。これほどの混雑じゃしょうがねえだろうよと、熊吉は苦笑する。だがいくらも行かぬうちに、鋭い女の悲鳴が上がった。ハッとしてそちらを振り返る。声の出所は、通りの隅のほうらしい。人の頭で見えないが、いったいなにが起こっているのか。

「大変。誰か、誰かぁ。この人死んじまうよ！」

どうやら人の命が危ぶまれる事態らしい。考えるより先に、体がさっと動いていた。

着物がはだけるのも構わずに、ただ見物しているだけの人を掻き分けてゆく。やがて香具師が見世物をするときのような、路上にぽつんと空いた場所に出た。そこに男が一人倒れており、先ほど叫び声を上げたらしき女が必死に声をかけていた。他にも男の背中をさすったり叩いたりしている者がいて、誰もが慌てふためいている。

「どうした、なにがあった」

短く尋ねると、女は身を震わせながらも気丈に答えた。

「分からない。でもこの人、喉になにか詰まらせてるみたいで」

膝をついて熊吉はあらためて男を見遣る。顔を真っ赤にして口から泡を吹いており、苦しげに体を引き攣らせている。苦悶の表情ゆえ瞬時に見定めることはできなかったが、それは先に帰ったはずの、近江屋の元番頭だった。

ちくしょう、なんでこんなところにいやがるんだ。

いや、悪態をついている場合ではない。今は一刻を争う。元番頭の背中を叩く者があまりにも非力なので、熊吉が替わることにした。

元番頭を抱き起こし、腹の下を腕で支えて上体をくの字にしてから、めいっぱい背中を叩く。しかし元番頭は「うっ、うっ」と小さく呻くのみで、いっこうに詰まったものを吐き出さない。

やがて真っ赤だった顔の血の気が引いてきて、こりゃあいけないと気持ちが焦る。この程度では、まだ手ぬるいのだ。

「すまねぇ、ちょっと空けてくれ！」

もう少し、開けた場所に出たかった。熊吉は元番頭を抱きかかえ、見物人に肩をぶつけながら大横丁に取って返す。

「これはいったい、なんの騒ぎです」

通してくれと大声を張り上げながら戻ってきた熊吉に気づき、旦那様たちが駆け寄ってくる。提灯の明かりで、腕に抱かれているのが近江屋の元番頭と悟ったようだ。

驚愕に、息を飲む気配がした。

「分かりません。ひとまず逆さ吊りにして振ってみます」

元番頭は以前から青瓢簞のような男であり、看病疲れでさらに痩せている。熊吉の膂力があれば、できぬこともあるまい。

腰の帯を摑んで元番頭の体をひっくり返し、両足首を摑んでゆさゆさと振る。幸い子供のような軽さだ。旦那様が手を伸ばし、その背中を強く叩く。

三河屋は両手にべったら漬けを提げているため、おろおろとするばかり。ご隠居が地に膝をついて、逆さまになった元番頭の顔を覗き込んだ。

「なんだか口から、大根の葉っぱのようなものが出ていますけど」

「ええっ。すみませんが、引っ張り出せますか」

汚いことをさせて申し訳ないが、ご隠居は躊躇なく元番頭の口に手を突っ込み、ずるずると大根の葉を引っ張り出す。その先にはさらに、べったら漬けの大根が続いている。

「嘘でしょう」と、旦那様でなくとも呟きたくなる。こんなものを、どうやって丸呑みしたのだろう。

べったら漬けを抜き去ると、元番頭は「かはっ！」と息を吹き返した。地面に下ろしてやると、激しく咳き込みながら喘ぎだす。顔中の穴という穴から汁が出ていて汚いが、一命はとりとめたようである。

見知らぬ男が助かったのを見て、見物人は一人、また一人と離れていった。元番頭の呼吸が整うころには、はじめに悲鳴を上げた女の姿さえ傍になかった。

「すみません。ご迷惑をかけて、すみません」

喉をどうかしたのか、元番頭の声はひしゃげている。周りを取り囲んでいるのが旦那衆と知り、今度は嗚咽を上げはじめた。

「泣かれても困りますよ。なにがあったんです?」

旦那様の問いかけに、元番頭は切れ切れに言葉を紡ぐ。

「この先もう、生きる望みもありません。いっそのこと、儚くなってしまいたいと――」

「それで、べったら漬けを丸呑みに?」

「ええ。思いっきり押し込んだら、入ってしまいまして」

これで命を落としていたなら、壮絶な死に様だ。べったら死とかなんとか名前をつけて、毎年市が開くたびに語り継がれたことだろう。

「ようするに、てめぇはこんな馬鹿なやりかたで死のうとしたんだな?」

大店の番頭を務めた男への敬意をかなぐり捨てて、熊吉は問い詰める。その身勝手な振る舞いに、頭が破裂しそうなほど腹を立てていた。

「ひっ！」と、元番頭が怯えて飛び上がる。自分では分からないが、鬼の形相をしているらしい。

「すみません。私はただ、楽になりたかっただけなんです」

「うるせぇ。そんなに死にてぇなら江戸を出て、オイラたちの目に触れねぇところで死にやがれ！」

熊吉のあまりの剣幕に、三河屋が「まぁまぁ」と腕を振る。その拍子に手に提げたべったら漬けが、べたべたと両膝に貼りついた。

「だってそうでしょう。こいつが今夜死んじまったらお花はきっと、謝っても許してやらなかったせいじゃないかと自分を責める。散々傷ついてきたあいつにもう、これ以上死人の我儘を背負わせたくないんですよ」

自分よりずっと年輩の男を前にしても、臆せず己の心持ちを伝えることができるようになったというのに。その相手が直後に命を絶ってしまったら、やっぱり自分が我慢するべきだったのではと、誤った認識を持たせてしまう。

これまでどれだけお妙と只次郎が、お花を大事に見守ってきたと思っているのだ。お槇の騒動があった後も、慎重に言葉を重ねてその心を守ってきたはずだ。ようやくお花が硬い殻を破り捨てようとしているのに、ふざけた行いで台なしにされたくなかった。

「すみません、すみません。私なんぞはもう、殺してください」

この期に及んで番頭は、がたがたと震えながらその場しのぎの詫びを言う。ぶん殴(なぐ)ってやりたいが、熊吉は固めた拳を己の腿(もも)に押しつけて耐える。

「熊吉。お前の言い分はもっともだが、落ち着きなさい」

旦那様の声が静かに割り込んできて、ようやくすっと頭が冷えた。

「いいですか、お前は商人です。理不尽(りふじん)や身勝手にさらされても、この世界では動じたほうが負け。己を律することを学びなさい」

こんなときでも旦那様は、商人の心得を説いてくる。熊吉は主人に向き直り、大きな体を腰から折った。

「はい、申し訳ございませんでした」

そのやり取りを、元番頭は呆けたように眺めている。地面にべたりと尻をつけたまま、どろどろに汚れた顔を曝(さら)している。

菱屋のご隠居が、自分の店の小僧に素早く指示を出した。

「お前、升川屋さんの家は分かりますね。今から行って、近江屋の番頭さんをひと晩うちで預かりますと伝えてきなさい。提灯はそのまま持って行って平気だから」

「はい、かしこまりました」

まだ幼いのにはきはきと返事をして、小僧はくるりと背中を向けた。今夜の身の振りかたが目の前で決まったのに、元番頭はまだぼんやりと虚空を眺めていた。

「行きますよ。立ちなさい」

それでも目上の者に、命じられるのには慣れている。元番頭はこくりと頷くと、おぼつかない足取りで立ち上がった。

「それじゃ、私はこれで。お気をつけてお帰りください」

菱屋の屋敷は目と鼻の先。ご隠居は木偶のような元番頭を従えて、別の通りから帰ってゆく。

「いやはや、散々だったね」と、三河屋が今宵の騒動を評した。

「さぁ、私たちも帰ろうか。ああでも、俵屋さんのべったら漬けがまだだね」

「はい、取って来ます。旦那様は、三河屋さんと先にお戻りください」

俵屋と三河屋は、間に本町二丁目を挟んだだけの近所である。連れ立って歩いていけば、家に帰れる。

熊吉はもう一度腰を深く折ってから、群衆の中に飛び込んだ。

べったり、べったり。べったり、べったり、べったり。

すぐに揉みくちゃにされて、自分の意志とは関係なしに、先へ先へと体が送られてゆく。

自分の足で歩くのも億劫で、今の熊吉にはそれが心地よかった。

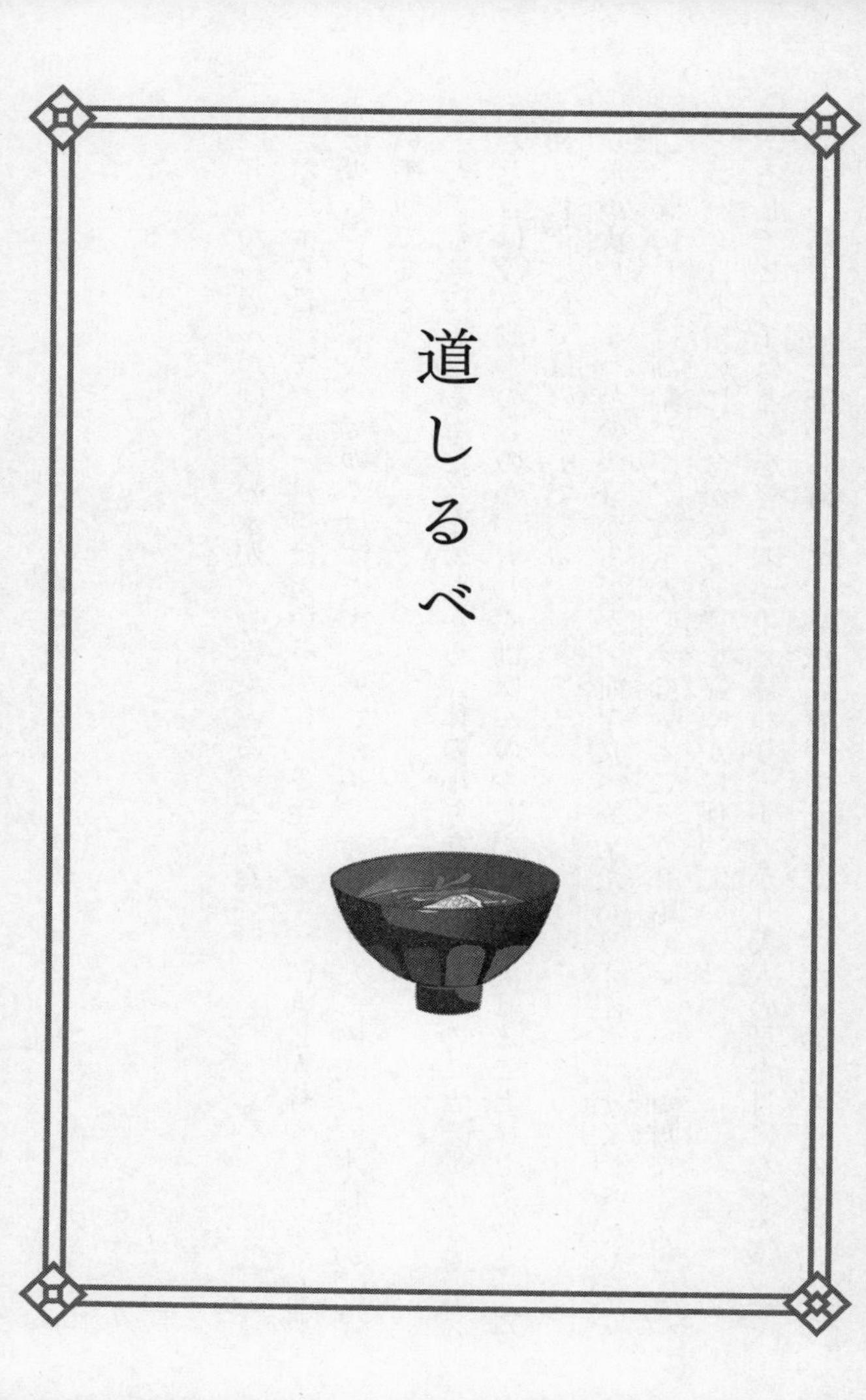

道しるべ

一

井戸から汲んだばかりの水が、骨に染みるほど冷たい。

霜月十六日。まだ十一月半ばというのに、冬至からすでに九日が経っている。日脚は少しずつ長くなってゆくはずだが、寒さが極まるのはまだこの先だ。水仕事の、辛い季節である。

人でも身に応える冷たさなのだから、体の小さな鶯にはなおのこと。飲み水を替えるときは汲み置きのものか、もしくはほんの少しだけ湯を混ぜることにしている。これはお花ならではの工夫である。

水が新しくなったのが分かるのか、餌を食べ終えたハリオがさっそく口を濯いでいる。鶯にしては高齢だが、食欲が衰えないところが頼もしい。その姉妹であるサンゴとコハクは羽繕いに余念がなく、翼を艶やかに保っている。

そしてヒスイはとやを経て羽が生え替わり、すっかり大人の見た目になった。よくもまぁ落ちていた卵から孵って、立派に育ってくれたものだ。お花を見るとつぶらな瞳を動かして、チチチと地鳴きをするのも愛らしい。高齢のハリオと若鳥のヒスイには、囀りを早めるための「あぶり」を入れるつもりはないそうだ。暦によると今年は十二月二十一日が節分だから、手を加えずとも年明け早々から本鳴きに入るかもしれない。

ヒスイはいったい、どんな声で鳴いてくれるのだろう。それが今から、楽しみでならない。

鶯たちの世話を終え、使った擂り鉢などを手早く洗ってから、再び『春告堂』の二階に戻る。茶箪笥の上に布巾を敷いて、お花は洗ったものを伏せて並べていった。只次郎は結城紬に黒羽織を合わせた外出着に着替え、文机の上に手紙を広げている。朝一番に届いたもので、差出人は姪のお栄らしい。手紙を読み進めるに従って、只次郎の眉間に皺が寄ってゆく。

なにか、よくないことでも起きたのだろうか。

心配して様子を窺っていると、視線に気づいたか、只次郎がふと顔を上げた。

「あの、大丈夫？」

目と目が合い、たどたどしく尋ねてみる。すると只次郎は、取り繕うように頬に笑みを広げた。

「ああ、べつになにがあったわけでもないんだけどね。お栄がまた、兄上を説得してくれと言ってきたんだよ」

九月になんの先触れもなく勤めを辞めて『ぜんや』に現れたお栄は、その翌日には渋々ながら、仲御徒町の林家へと帰っていった。当人は実家への挨拶と詫びを済ませたら、またこちらに戻って、只次郎の仕事を手伝うつもりでいたようだ。

しかしそんな我儘を、武家の当主が許すはずもない。逃さじとばかりに祖父母の住まう離れに閉じ込められて、厠に立つのさえ見張りがつくという。手紙も禁じられているのだが、下男の亀吉は袖の下さえ握らせてやれば融通が利き、たまになら取り次いでくれるそうである。

その手紙でお栄はいつも、只次郎の兄にあたる重正を説き伏せてくれと訴えていた。大奥勤めを通して働く喜びを知った身には、実家は退屈でしょうがない。じっと閉じこもっているのも性に合わないから、どうか助け出してほしい。

文机に広げられている手紙も、似たり寄ったりの内容らしい。達筆すぎて、お花には読めない。男文字も多く使われており、お栄の学の高さが窺える。

私とは、同い年のはずなのに。

生まれも育ちも違うのだから、我が身と引き比べてもしょうがない。分かってはいても、只次郎が可愛がっている姪っ子だけに、どうしても気になってしまう。

「助けてあげないの？」

問いかけると、只次郎は「そうだねぇ」と文机に頬杖をついた。

「助けてやりたいのは山々だけど、兄上の、父親としての気持ちも分かるからね。私だってお花ちゃんがこの先やくざ者に惚れて、一緒になりたいと言いだしたら、きっと許さないだろうから」

「やくざ者と一緒になるのと、『春告堂』の手伝いはずいぶん違うけど」

「武士にしてみれば娘が商いに携わるなんて、やくざ者に嫁ぐくらいよくないことだよ」

武家の常識は、やっぱりよく分からない。ならば『ぜんや』の手伝いをしているお花は、すでに「よくないこと」に手を染めているわけだ。

金は不浄のものだというが、武士だって俸禄米を金に換えているはずで、どうも辻褄が合っていないように思えた。

でもそっか、父親の気持ちが分かるんだ。

只次郎のひと言に、口の端がにんまりと持ち上がりそうになる。養い子なのに、実の娘のように大事にされているのがこそばゆくもあり、嬉しくもある。

「いずれまた、頃合いを見て林家に顔を出してみるよ。もはや気軽に行き来できる身の上ではないからね」

旗本家の家督を継いだ兄と、町人になった弟。確執はそれなりにあるらしく、只次郎は重苦しい息を吐いてから、手紙を折り畳む。人の懐にするりと入り込むのが得意なのに、実の兄のことだけは、苦手としているようだった。

「さて、ここはもういいから、お妙さんを助けてやっておくれ。今日はたしか、若い二人が来る日だろう」

そのとおり。もはや毎月の恒例となりつつある、宝屋のお梅と俵屋の若旦那が飯を食べにやってくる日だ。あの二人もまた、なにを考えているのだか。周りの心配をよそに、のんびりと構えている。

「うん、夕七つ（午後四時）から半刻（一時間）の間。途中で帰ってきて、邪魔をしないようにね」

「分かってますよ。俵屋さんも少しは様子を見る気になってくれたみたいだからね。変にせっついたりしません」

そう宣言して、只次郎は軽く首をすくめる。正月の初売りに向けて商い指南が忙しくなる頃合いで、どのみちその刻限には帰ってこられないという。

「ならいいけど。気をつけて行ってらっしゃい、お父つぁん」

さっきの喜びを少しでも返そうと、実の親子のように呼びかける。すると只次郎はたちまちだらりと目尻を下げて、締まりのない笑みを浮かべた。

二

炊きたての飯に鯖の船場煮と小松菜の漬物を添えて、小上がりへと運ぶ。

船場煮は、ぶつ切りにした塩鯖と短冊切りの大根を煮込んだ汁である。醤油を垂らさず塩味だけでさっぱりと食べるのが『ぜんや』流だ。好みにより柚子をきゅっと搾って食べても旨い。

「あら、思ったよりも鯖の生臭みがないのね」

汁をひと口含んだお梅が、驚いたように目を見開く。この料理を食べた客は、たいていそう言う。

「うん。いったん霜降りにして、よく洗ってから煮込んであるの」

「へぇ、そのひと手間で違いが出るのね」

「柚子を搾り入れると、とたんに爽やかになりますよ。いやはやこれは、あったまる」

俵屋の若旦那は汁にもうひと味加え、満足げに頰を緩めている。そんな二人の膝先に、お花は小振りの土鍋から飯を注いで置いてやった。

これがいわゆる、締めの飯だ。半刻の間他に客を入れず、二人でゆるりと過ごしてもらおうと、料理を出す間も長めに取った。お梅と若旦那は特に盛り上がるでもなく、互いの近況や好きなものについてぽつぽつと語り合い、出されたものを旨そうに平らげていった。

此度の会食も、これで仕舞いなのだろうか。以前より打ち解けてきたようだけど、縁談が持ち上がっている二人というよりは、歳の離れた兄妹に見える。親しくなるのは結構だが、本当にこの先夫婦になる気があるのかと疑ってしまう。

「ご馳走様。今日も美味しい料理をたらふくいただきました」

出されたものをすっかり腹に収め、若旦那が箸を置く。給仕のお勝はいったん家に帰っているため、お花が食後の番茶を淹れて持ってゆく。

若旦那がお妙を呼んで勘定を済ませている間、お梅は吞気に番茶を啜っていた。二人のやり取りを見るかぎり若旦那は日和見で、お梅がぐいぐい引っ張ってゆかぬかぎり、これ以上の進展は望めそうにない。この後はどうなるのかと、お花は息を殺して見守った。

「若旦那様、ありがとう。アタシはちょっと、お花ちゃんと話したいことがあるから残るわね」

「そうですか。ではごゆっくり」

あっけない幕切れだった。若旦那はお花にまでぺこりと頭を下げて、帰ってゆく。慌ててお妙と共に表へ出て、その背中が雑踏に紛れてゆくのを見送った。

貸し切りを知らせる貼り紙を剝がしてから、店内に戻る。お梅は小上がりから少しも動かず、しつこく番茶を啜っていた。

若旦那とは手紙のやり取りもしているというし、べつに焦ることはないのかもしれない。それにしてもひと月ぶりに会えたのだから、もう少し別れを惜しんでもいいのではあるまいか。色恋に疎いお花でさえ、呆気なさを覚えていた。

話したいことがあると、言われてはいるけれど。若旦那にこそ、話さなきゃいけないことがあると思う。

「それじゃ、お皿を下げてしまうわね。よかったら、二階を使ってくれても構わないわよ」

お妙はやきもきとした素振りを見せず、使った皿や茶碗を重ねてゆく。お花と話をするのなら、二階の内所でゆっくりしてゆくよう勧めた。

「ううん、違うの」

しかしお梅は、湯呑みを置いて首を振る。

「本当は、お妙さんと話したいの」

「あら、なぁに？」

お妙がおっとりと尋ね返す。

あらたまって、なんだろう。お花もまた、一緒になって首を傾げる。

「厚かましいお願いではあるんだけども」

そう前置きをすると、お梅は居住まいを正してやや後ろに下がった。かと思うと畳に手をつき、がばりと身を伏せて、ひと息にこう言った。

「お願いします。アタシに行儀作法を教えてください！」

一度剝がした貸し切りの紙は、もうしばらく貼っておくことにした。

気持ちを落ち着かせるには、甘いもの。お妙が手早く薩摩芋の蜜煮を作ってくれ、女三人で輪になってそれをつまむ。

味醂と砂糖で煮た薩摩芋はほんのりと塩を利かせてあり、しつこい甘さにならないのがいい。ぱらりと振られた黒胡麻の香ばしさも、淹れ直した番茶とよく合っていた。

「ごめんなさい。取り乱したわね」

甘いものを腹に入れ、ほっとひと息ついたらしい。お梅がほんのりと、頰を赤く染めている。しっかり者ゆえ人を頼りにするのが得意ではなく、肩に力が入りすぎてしまったのだろう。

「いいのよ。でも行儀作法って、お梅ちゃんはひととおりできていると思うけど」

そう言って、お妙は頰に手を当てた。人とどう違うのか、ちょっとした仕草もたおやかだ。教えを請いたくなる気持ちも分かる。

でも宝屋のおかみさんは、豪快な人だが躾には厳しい。お花も畳の縁は踏むなとか、湯呑みを片手で持つなとか、遊びに行くたび注意を受けたものである。

その甲斐あってお梅は大店の若旦那と共に食事をしても見劣りがせぬくらいには、行儀が身についている。今思えばおかみさんが口うるさかったのは、貰い子だと後ろ指を差されることがないようにという心配りだったのだろう。

「それは本当に、おっ母さんに感謝してる。でも聞くところによると、大店のご新造ってお茶やお花を習ってるのがあたりまえなんでしょう?」

「たしかにねぇ。大店に嫁ぐような娘さんたちは、幼いころから習い事をたくさんしているわね」

お梅とお妙のやり取りを聞きながら、お花はそうなのかと目を瞠る。住む世界が違いすぎてまったく気にしていなかったが、大店に嫁すのも大変だ。

「アタシも昔、おっ母さんに習ってみるかと聞かれたけど、断ったのよ。まさかこんなことになるとは思ってもみなかったし、養い子の分際でお金をかけてもらうのも悪いから」

「でもべつに、俵屋さんは気にしていないわよ。どうしても習いたければ、嫁いでからでも習わせてくれるでしょうし」

「あちらが気にしなくても、アタシが気になるのよ！」

唐突に、お梅が声を張り上げた。みるみるうちに、目の縁に涙が盛り上がる。

「ただでさえ家柄が違うんだもの。嫁いでからやっぱりうちには相応しくない嫁だったと呆れられたら、目も当てられないわ」

それでも涙を零すまいと、お梅は気丈に上を向く。

お妙がするりと膝を進め、その強張った肩を抱いた。

「そう、不安だったのね」

誰もが羨む縁談で、お梅自身も乗り気になったものの、しだいに「本当に自分でいいのだろうか」と尻込みする気持ちが湧いてきた。若旦那との逢瀬を重ねてその飾らぬ人柄に触れるうち、不安は胸の内でますます育っていったという。

「だって、若旦那様に嫌われたくないもの」

この蚊の鳴くような声は、本当にお梅の口から出たものだろうか。顔をまっ赤にしている友人が、まるではじめて会う人のようだ。

これが恋というものか。お梅は若旦那のことを、本当に好きになったのだ。

お梅ちゃんが、涙ぐむなんて――。

でもその涙がやけに綺麗で、お花はぼんやりと見とれてしまった。

「そうね。周りがどれだけ大丈夫と請け合っても、しきたりの違う余所の家に入るんだもの。怖いに決まっているわよね」

「ええ、ええ。だから少しでも、自信をつけたくて」

お梅はぎゅっと、膝の上に拳を握る。友達としてなにか言葉をかけてやりたいと思うのに、こういうときなんと言ってやればいいのか分からない。

お妙はお梅を無理に元気づけようとはせず、ただ頷いて話を聞いていた。

「でも困ったわね。そういうことなら、私じゃ力になれそうにないわ」

「どうして。お妙さんは菱屋のご隠居にお茶を点てたことがあるって聞いたわよ」

お花には、初耳だった。日頃からお妙はなんでもできると感心することばかりだが、茶の湯の心得まであるのか。

「お茶を習っていたのは、うんと小さなころよ。人に教えられるようなものじゃないわ。なにより私、余所の家に嫁いだことってないのよ」

「ああ、そっか」

言われてみればと、お花も頷く。

前夫の善助は元はお妙の養い親だったというし、只次郎は林家を出て武士までやめた。二度も縁づいてはいるが、良人の家に入る心細さというものを、お妙は味わったことがないのである。

「だからお梅ちゃんの悩みには、道筋をつけてあげられないと思うの。だけど、力になってくれそうな人なら知っているわ」

それは、誰だろう。自分も知っている人だろうかと、お花は『ぜんや』の常連の顔を順繰りに思い浮かべてゆく。

「誰なの？」

か細い声で、お梅が尋ねる。お妙は見る者を柔らかく包み込むような、まろやかな笑みを浮かべた。

「升川屋のお志乃さんよ」

なるほど。お花は思わず、己の膝を叩いた。

お志乃は灘の造り酒屋の出で、大店に嫁ぐ娘として育てられたはずだ。升川屋との縁談がまとまって、江戸に下ってきたのが十八のとき。はじめは家のしきたりどころか江戸の料理にも馴染めず、ずいぶん苦労したという。

それが今や、二児の母。升川屋のご新造としての風格まで備え、良人ですら頭が上がらない。お梅の悩みに寄り添うのに、これほど適した人は他におるまい。

「お志乃さん？　でもアタシ、面識がないんだけれど」

「手紙を書いて、頼んでみるわ。きっと引き受けてくれるから」

敬愛するお妙の頼みなら、お志乃は断らないだろう。むしろ大いに張りきりそうだ。

「とてもありがたいけど、どうしよう。手に汗をかいてきたわ。お志乃さん、上方の人なのよね」

お志乃の名前に身構えてしまうのは、お花にもよく分かる。生まれ育ちがよくて良家のご新造で、やんわりとした上方言葉まで喋る。相通ずるところが少しもなくて、とっかかりすら摑めない。

べつにお志乃になにかされたわけではなく、嫌いでもないのだが、なんとなく、一緒にいると気詰まりだった。

「お花ちゃんは、面識があるんだっけ？」

「うん、あるけど――」

嫌な予感が胸に兆す。お梅が、縋るような眼差しを向けてくる。

「ならお願い。はじめだけでいいから、一緒にお志乃さんと会ってくれない？」

「えええっ」

今さっき、気詰まりだと考えていたところなのに。

本音を言えば、あまり気が進まない。でも他でもない、友の頼みだ。かけてやるべき言葉すら見つからないお花でも、できることがあるなら力を貸したい。

迷ったのは、ほんの一瞬だった。

お花は眼差しを強くして、「うん、分かった」と頷いた。

三

樹木が葉を落とした後の冬枯れの庭ですら、凜として美しい。

足元の苔も色褪せてはいるが、金茶色に輝いて、これはこれで侘びた趣きがある。そんな景色の中で常緑の松や譲葉はなおのこと鮮やかで、遠くに赤い点が見えると思えば椿である。枝振りの見事な白梅は、春を心待ちにしながら蕾を膨らませていた。

「足元、滑りますよってにお気をつけて」

升川屋の女中頭であるおつなが先に立ち、艶やかな飛び石を踏んでゆく。その後に続くお梅は、呆けたように口を開けて周りを見回している。

やっぱり、そうなるよね。

二度目の訪問となるお花でも、夢の中に紛れ込んでしまったようで、落ち着かない。お志乃に会うまでもなく、升川屋の邸内の見事さに圧倒されていた。

お妙が手紙を書くと請け合った日から、数えて六日目。暦によると、小寒である。寒の入りゆえ風は身を切るように冷たいはずなのに、場違いな己を恥じて体が火照る。前をゆくお梅が肩越しに振り返り、口元に手を添えて囁いた。

「もしかして、俵屋さんもこのくらい広いの？」

どうだったか。お花が俵屋の内部に入ったのは一度だけ。それも奥の間に案内されただけで、庭までは見ていない。でもたぶん――。

「もう少しだけ、狭いと思う」

げんなりと呟いて、お梅は天を仰いだ。どんな家だろうがこの空より広いことはあるまいと、己に言い聞かせているようだった。

「そう、少しなのね」

おつなに案内されたのは、数寄屋造りの離れであった。

おそらく近江屋が先月まで、寝ついていた離れというのがここなのだろう。死人の気配を拭い去るかのように、畳や襖が真新しいものに入れ替えられている。縁側に面した障子の紙も、目に痛いほど白かった。

そういえば近江屋の、元番頭さんはどうしているんだろう。

初七日の法要の際に、土間に手をついて詫びてきた男である。「許してくれとは申しません」と自分で言ったくせに、許さないと伝えると落胆した表情を見せた。お妙も只次郎もあれでいいと言ってくれたけど、なんだか後味が悪かった。

奉公人として迎え入れるつもりだと升川屋が言っていたから、この屋敷のどこかで厄介になっているのだろうか。つつがなく過ごしているならそれでいいが、できることなら顔を合わせたくはなかった。

部屋に焚きしめられた華やかな香のにおいを嗅ぎながら、お梅と並んで座敷に座る。

互いに気が張っていて、言葉を交わすこともできない。おつなが煎茶を運んできてくれたが、礼を述べようにも喉の奥が窄まって、押し殺したような声しか出なかった。

「ほな、しばらくお待ちください」と言い残し、おつなが出てゆく。

見慣れぬ部屋に取り残され、ますますもって落ち着かない。正座をしたままもぞもぞと尻を動かしていると、お梅がやはり口元に手を添えて尋ねてきた。

「ねぇアタシたち、上座に座っていていいの？」

そう言われ、背後を振り返る。そこは床の間になっており、山水を描いた軸が掛かっている。

「えっ、分からない」

部屋の造りにもよるが、床の間を背負って座るのが上座だと、お妙に教わったことがある。自分たちを招かれた客と捉えるならこのままでいいはずだが、教えを請う身としてはあまりにも横柄だ。

「でもおつなさんが、ここへと案内してくれたんだし――」

「だけど一応、下座に移っとこう。間違っていてもそのほうが、角が立たないから」

なんにせよただの小娘が、升川屋のご新造を下座に座らせるのはいただけない。お梅にせっつかれ、湯呑みと茶托を持って移動する。

床の間を臨む位置に腰を落ち着けると、間もなく襖が開いて、お志乃が入ってきた。

「すんまへん、お待たせしましたなぁ」

するすると衣擦れの音をさせながら、あたりまえのように空けたばかりの上座に着く。どうやらこれでよかったらしいと、お花は控えめに胸を撫で下ろした。

お志乃とは、去年の暮れに会ったきり。久し振りに見ると、身に纏う威厳が増している。

京人形のような面差しは相変わらずだが、首周りに少し肉がついたのか。肌の白さと相俟って、背筋をすっと伸ばして座る姿は、大奥にいるという御中臈もかくやという有様だった。

「まぁ、楽にしとくれやす」

通り一遍の挨拶を済ませると、お志乃はこちらのしゃちほこ張った態度を崩そうと微笑みかけてくる。それでも肩の力は抜けそうになく、お花は「はぁ」と返事をして申し訳程度に煎茶を啜った。

「さて、お梅はん。まずはおめでとうございます。俵屋はんとの縁談がまとまりそうという話は、前々から聞き及んでおりましたえ」

「あっ、はい。ありがとうございます」

お志乃にはじめて名を呼ばれ、お梅はぴんと体を伸ばしてから頭を下げた。

「せやけどどうも、大店に嫁ぐ不安が勝ってしもうとるようで」

微笑みを広げれば広げるほど、なぜか迫力の増すお人だ。お志乃に他意はないのかもしれないが、聞き慣れぬ上方言葉にはなにか含みがありそうだと、勝手な想像を働かせてしまう。

そう感じたのはお花だけでないようで、お梅もまた顔を伏せたまま声を震わせた。

「は、はい。まさかこんなことになるとは思っていなかったから、アタシったらなんの心得もなくて。お志乃さんはやっぱり、子供のころからお茶やお花を習っていたんですか」

「まぁまぁ、面を上げとくれやす。そうどすなぁ、うちは六つのころからお茶とお花、それから踊りと琴と、書も習うてましたなぁ」

「そんなに？」

お梅が驚いて顔を上げる。彼我の境遇のあまりの違いに目がチカチカするらしく、しきりに瞬きを繰り返している。

「娘がまだ小さいよって今はお休みしてますけど、お茶とお花は嫁いでからも続けさしてもろうてます。どちらも奥深うて、面白いもんどすえ」

「はぁ。思っていたより、大変そうです」

　そっと隣を窺ってみれば、お梅のこめかみには汗が浮いている。火鉢が置かれているとはいえ、暑さを感じるほどではないのに。ならばあれは、冷や汗か。

「そないに悩まんでもよろしおす。習い事に励んだところで、嫁いでしもたら披露する機会なんかほぼおまへん」

「えっ、じゃあどうして習い事をさせるの？」

　びっくりして、二人のやり取りに思わず口を挟んでしまった。お志乃の微笑みが、お花に向けて注がれる。

「もちろん娘に、箔をつけるためどす。子の養育にそれだけ手をかけられる家なら間違いはなかろうと、先方も安心しますやろ。習い事を通じて、綺麗な所作も身につきますしな」

「うへぇ」

　ついうっかり、呻き声を洩らしてしまった。

　数々の習い事はつまり、ただの花嫁修業。そうまでして世の親は、娘を大店に嫁がせたいものなのか。こうして升川屋のこぢんまりとした離れに座っているだけでも気疲れがするのに、母屋に寝起きするとなると、心労で髪が抜け落ちそうだ。

「せやからお茶やお花の心得がないことを、気に病まんでもよろしおす。大店のご新造として大事なんは、そんなことより奥向きの差配がでけるかどうか。女中の躾や仕事の割り振り、行事ごとの支度や配り物の手配、季節が変われば家中の者の着物を整えたり、あとは朝晩の神仏のお世話。やることは案外ようけおますからな」

お志乃の場合はそれに加え、乳母をつけずに自分の乳で子を育てている。大店のご新造となれば悠々と過ごしていると思っていたが、ずいぶん忙しそうである。

けれども話を聞くうちに、お梅の頬が引き締まっていった。宝屋の看板娘として客をあしらい、算盤を弾いてきたから、きりきりと動き回るのは苦でないはずだ。それなら自分にもできそうだと、自信が芽生えたのかもしれない。

「前はお姑はんに教わりながら一緒にやってましたけど、今はすべて任されてます。俵屋はんはお姑はんがすでに亡うなってますから気楽な代わりに、先例を教わる機会がのうて、困ることもありますやろ。うちでよければいつでも相談に乗りますよって、頼りにしてほしと思うてます」

「はい、ありがとうございます」

そう言うとお梅はあらためて畳に手をつき、それはそれは優雅に礼をした。お花の目には、俵屋のご新造となるべき風格が、すでに備わっているように見えた。

それにしてもお志乃は思っていたよりずっと親切で、取っつきやすい人なのかもしれない。見た目や来歴だけで人を判断してはいけないと、お花は己の浅はかさを顧み(かえり)る。

「とはいえ！」

ゆったりと喋っていたお志乃が、ここで唐突に口調を変えた。一音一音を区切るようにしてから、先を続ける。

「客間のしつらえを任されることもありますよって、生け(い)花だけは少しくらいでけたほうがええと思います。今からちょっと、やってみまひょか」

「ええっ！」

そんなことは、聞いていない。それは自分もやらなきゃいけないのだろうか。

うろたえるお花をよそに、お志乃が手を打ち鳴らす。

「おつな、お願い」

すると次の間に控えていたらしいおつなと他二人の女中が、襖を開けて入ってきた。物静かだがきびきびとした動作で、お梅とお花の前に水盤と花材を置いてゆく。さすがお志乃は、人を使うことに慣れている。

「ほれこのとおり、床の間にはお軸しか掛かってまへんから、ここに調和するよう花を生けとくれやす」

なんの心得もない小娘たちに、升川屋の離れの床を飾れという。

お志乃さんは、やっぱり怖い人だ。

と、お花はまたも考えをあらためた。

四

お志乃が用意した花材は、黄色い花がついた蠟梅だった。

その名の通り蠟細工で作ったような艶があり、なによりも香りがいい。花の少ない季節に甘く優しいにおいがしてきたら、たいてい近くにこの花が咲いている。

花姿も控えめで、好きな花だ。けれどもこれを生けるとなると、難しい。

「生け花には真、副、体の役枝がおます。高さは決して揃えずに、一番高いのが真、低いのが体。真は上のほうに伸び立つように挿して、水際は揃えて──ええ、そう。お上手どす」

お志乃の教授を受けながら、慣れぬ手で鋏を操り、蠟梅の枝を剣山に刺してゆく。

なかなかうまく刺さらなくて、何度やり直しても斜めになってしまう。

「『数少なきは心深し』という言葉がおます。満開の花よりも、一輪の花に思いを込める。いわば省略の美どすな。全体の調和を見ながら、花枝の数を減らしていきまひょ」

そう言われて少しばかり、鋏を入れる。また枝をたわめて表情を出しても面白いと教えられ、両手で摑んでぐぐと力を入れてみた。

他の花を使わない一種生けだから、これで出来上がり。まずお梅が水盤をくるりと回して正面を見せると、お志乃が「まぁ、すごい」と手を叩いた。

「お梅はん、はじめてとはとても思えまへんわ。下に向かってしもうとるこの花枝さえ切れば、文句なしどすな。さっそく床の間に飾らしてもらいます」

「本当ですか、嬉しい。お志乃さんの言うとおりに生けてみたら、なんとか形になりました」

「そうどすか。さて、お花ちゃんは——」

おかしい。お花だってお志乃の言うとおりに生けたはずなのに、どう見ても不格好な仕上がりになっている。

まず枝が剣山にうまく刺さらず何度も切り詰めたせいで、最も背が高くあらねばならない真の枝がちんちくりんだ。副の枝もたわめて表情を出すつもりが、力の加減を間違えて折れかけている。

「ええと――もうちょっと、花の数を減らしたほうがよかったかもしれまへんな」

つき添いで来ただけのお花を傷つけぬよう、お志乃が言葉を選んでくれたのが分かった。花数も、お梅のものと比べるとたしかに多い。でもせっかく咲いた花を落とすのが可哀想で、あまり鋏を入れられなかった。

花を生ける才は、どうやら持ち合わせていないようだ。それなのに名前が「花」だなんて、まるで面白くない冗談である。

恥ずかしくなってしゅんと肩を縮めると、お志乃が取り繕うように手を叩いた。

「二人とも、ようできました。ほなそろそろ、お昼にしまひょ」

再びするりと襖が開き、おつなと他の女中たちが蠟梅の枝の切れっ端や鋏などを片づけてくれる。お志乃の指示でお梅が生けた花は床の間へ運ばれて、お花のものは邪魔にならないよう部屋の隅へと移された。

いったん次の間に下がった女中たちが、今度は三段重ねの重箱や取り皿を運んでくる。重箱の中身はもちろん、『ぜんや』の料理だ。お花が胸に抱えて持ってきて、おつなに託しておいたのである。

「嬉しわぁ。お妙はんのお料理、久し振り」

お志乃が両頬を手で包み込むようにして、目を輝かせる。さっきまで浮かべていた微笑みよりも、ずっと若やいで見える。むしろこの弁当を楽しみに、お梅への教授を引き受けたのではと疑いたくなった。

折りよく真昼九つ（昼十二時）の捨て鐘が鳴りはじめる。その音に紛れるようにして、お花の腹も控えめに鳴った。


炊きたての飯と熱い汁は、升川屋の台所女中が用意してくれた。

汁は鱈と春菊の吸い物。上方の味つけなのか、澄んだ色をしている。もしよければ千寿やお百も一緒にと誘うと、おつなが呼びに行ってくれ、食膳が整うころに四つ身の着物をまとった千寿だけがやって来た。

「すみません。お百は寝てしまって、揺さぶってもちっとも起きないもので」

そういえばお百はよく寝る子だと、以前お志乃が言っていた。気持ちよく眠っている子を、わざわざ起こすことはない。

「だったら先に、お百ちゃんが食べるぶんを取り分けておけば？」

お梅の提案により、お花が膝を躙って重箱の蓋を取る。中身を見ようと周りの者が、軽く前のめりになった。

まず一段目は、たっぷりの卵焼きに、烏賊と芹の酢味噌和え。二段目は炙りはんぺんと鰤の照り焼き。三段目は牛蒡の甘辛煮と紅白膾、それから京菜と油揚げの浸し物。彩りとしてところどころに、お花が作ったねじり梅の人参が散らされている。

「はぁ、なんとも美味しそうな」

食べる前からお志乃が、うっとりとため息を洩らした。

おつなが取り箸と、小皿を差し出してくる。それを受け取ってからお花は尋ねた。

「お百ちゃんは、なにが食べられるの？」

「歯応えの硬いものはまだあきまへんけど、卵焼きやはんぺんは喜びますなぁ。あとは鰤。人参も形が可愛らしから食べてくれそうやわ」

昨年末に会ったときにはまだお志乃の乳を飲んでいたのに、いろいろと食べられるようになったものだ。子が育つのは、本当に早い。

「ついでに皆のぶんも取り分けちゃうね」

お百の皿をおつなに託し、さらに料理を取り分けてゆく。皆に皿が行き渡ったところで、お花も膳の前に戻った。

「ありがとう。ほな、いただきまひょ」

お志乃が箸を取るのを待って、それぞれが好きなものから食べはじめる。はんぺんをひと口齧ったお梅が、「ううん！」と歓喜の声を上げた。

「美味しい。歯を立てるとぷつりと切れて、口の中で溶けていくようね」

「よかった。口当たりが滑らかになるように、鱈の身を四半刻（三十分）ほど擂り鉢で擂り続けたの」

「そんなに？　手が込んでるのね」

だからこそ、表面をさっと炙っただけでも素晴らしく旨い。根気よく擂り粉木を使ってよかったと、食べた人に褒められるたびしみじみ思う。

「この卵焼きもふんわりして、爽やかな風味がありますな。もしかして、大根おろしを入れてます？」

「うん、そう。粗めにおろしたのを入れてもシャキシャキとして美味しいよ」

でも今日のは、細かく擂り下ろしたのを入れてある。砂糖を使わない出汁巻き卵でも、大根のほのかな甘みが感じられて、奥深い味わいになる。

料理に使って余った大根おろしを、たまたま作ろうとしていた卵焼きに混ぜてみたのがきっかけでできた料理だ。お花はこれを、気に入っている。

「鰤の照り焼きも、こってりとして美味しいです。上方の人は、鰤がお好きなんですよね」

母親が上方の出でも、千寿は江戸生まれ江戸育ち。西の風習には興味があるようだ。

お志乃はほくほく顔で頷いた。

「そうどす。なんとゆうても、西の年取り魚どすからなぁ。ほんにうちの好きなものばっかりで、嬉しおす」

そういえば京菜も、古くから京で育てられてきた青物である。こちらも上方では、よく食べられているのだろう。酢味噌和えに使われているのも白味噌で、お妙の料理を心待ちにしていたお志乃のために考えられた献立なのだと、今さら気づく。

私ももっと、食べる人のことを思い遣らなきゃ。

そうでなければお妙の料理には、とても追いつけそうにない。そのためにも季節の旬や地域の風習などを、もっと深く学ばなければ。

これまでは、自分のことで精一杯だった。だけどもう、お花を脅かす存在はこの世にいない。たまに昔を思い出して手足が冷たくなるけれど、心の痛みを知っているからこそ、人に寄り添える者でありたいと願っている。

料理にひととおり舌鼓を打ち、だんだん腹が膨れてきた。

もはや「美味しい」と言い合うばかりでは、間が持たない。かといってお志乃相手になにを喋ればいいのか分からなくて、会話が途切れがちになってしまう。

そんな気配を敏感に察したか、千寿が床の間に目を向けた。

「ところであの花は、お梅さんとお花さんが生けたんですか」

千寿の視線は、部屋の片隅の失敗作にも注がれる。そんなふうにじっと見られると、恥ずかしい。

「うん。床の間のは、お梅ちゃんが。私はちょっと、しくじっちゃって」

もじもじしながら応えると、千寿は涼やかに笑ってみせた。

「そうですか。せっかくだからお花さんが生けたのを、私の部屋に飾ってもいいですか」

「ええっ、あんな不格好なのを？」

「それでも懸命に生けたのが伝わります。私は好きですよ」

「千寿ちゃん――」

細やかな心配りに、じんと胸が震える。下手だからしょうがないと諦めつつも、実は生けた花を部屋の隅に置かれたのはちょっと悲しかった。

「おつなさん。手隙のときでいいので、あの花を私の部屋に運んでいただけますか」

「ええ、もちろんですとも」

齢九つにして、千寿は人の心に寄り添う術を知っている。升川屋の若様なのに決して傲慢にはならず、奉公人に対しても謙虚である。

千寿ちゃんの前世は、徳の高いお坊さんだったに違いない。

心延えがめでたすぎて、お花は心の中で千寿に向かって手を合わせた。

「思っていたより、生け花は面白かったわ。もっとやりたいくらい」

「ほんなら、うちでよければ手ほどきしますえ。いつでも通ってくれたらよろしおす」

「えっ、いいんですか」

生け花の出来がよかったお梅は、興が乗ってきたようだ。次の稽古の約束を取りつけて、顔を輝かせている。

「ねえ、お花ちゃんも一緒にやらない？」

その笑顔が、こちらに向けられた。お花が生けた花の惨憺たる有様を見ておきながら、よくぞ誘えたものである。眉間につい、余計な力がこもってしまう。

「私は、『ぜんや』の手伝いがあるから——」

大店に嫁ぐことなどありえないお花にとっては、料理修業のほうがはるかに大事。

特に昼どきは忙しいのだ。そう頻繁に、他出はできない。

「そっか。お花ちゃんにも、目指すものがあるもんね」

そう言って、お梅は残念そうに肩をすくめた。

もっと料理の腕を磨いて、いつか『ぜんや』を引き継ぎたい。それがお花の望みである。畏れ多くてまだ誰にも告げていないけど、お梅はちゃんと分かってくれている。

「うん！」

嬉しくなって、お花は力強く頷いた。

お互い親に見捨てられた貰われ子で、分かり合えるところも多い二人だったが、年頃になっていよいよ進むべき道が違ってきた。知らない道をゆくのは怖かろうに、お梅はすでに一歩、二歩と踏み出している。

ならば自分も、腹を固めよう。今夜にでもお妙や只次郎に、『ぜんや』を継ぎたいと伝えるのだ。

二人の反応が怖いけど、大丈夫。大事な友の頑張りが、背中を押してくれるだろう。

「そうどすな。お花ちゃんは、まずは料理をお気張りやす。せやけど生け花は料理の盛りつけに活かせますよって、たまに習いにきたらよろしいわ」

取り分けられた料理をすっかり平らげて、お志乃が静かに箸を置く。それから軽く横を向くと、傍にいた女中に食後の茶の用意を命じた。

「盛りつけ？」

問い返すとお志乃はまっすぐにお花を見て、「ええ」と頷く。

「お妙はんが持たせてくれたお弁当は、そのあたりもしっかり配慮されてましたやろ。青物に、赤い人参、それから黄色い卵焼き。そういった色が入ることで、華やかな盛りつけになっとりました」

そう言われ、お花はお重に目を遣った。中身はほとんど残っていないが、そういえば料理の仕切りに常緑の葉蘭を敷いたり、松葉を散らしたりして、見た目に工夫を凝らしていた。

「ところでお花はんは料理を取り分けるとき、見た目の塩梅を考えましたか？」

「ううん。考えもしなかった」

「でしょうなぁ。お料理は舌だけやのうて、目でも味わうもの。綺麗に盛られた料理はよりいっそう、美味しゅう感じられますえ」

正直なところお花は、食べられもしない葉っぱをなぜ弁当に入れるのだろうと不思議に思っていた。でもお志乃の言葉を信じるならば、この葉っぱもちゃんと料理にひと味加えているのだ。

「目でも、味わう――」と、繰り返して胸に染み込ませる。

「そうどす。今日の生け花は分かりやすいよう三本の役枝のみとしましたけども、あしらいを加えたり、別のお花を入れてみたりすれば、もっと盛りつけに活かせるようになると思いますえ。お料理でも生け花でも、人が目で見て美しいと思うものはみな同じどす」

お志乃には今、とても大事なことを教えてもらった気がする。料理も生け花も、まったくの別物でありながら、どこかで繋がるところがある。

そんなふうに世の中はなにもかも、どこかで緩く繋がっていて、なにを学んでも無駄になることはないのだろう。

そう考えると、生け花も面白いかもしれない。ひたすら料理に打ち込むのもいいが、ちょっとばかり回り道をして、いろんな事物に目を向けてみるのも悪くないのか。

「そっか。ありがとう、お志乃さん」

素直な気持ちで、礼を言う。狭い路地から急に、明るい広場に出たときのようだ。頑なに前しか見えていなかった視界が、ぱっと開けたのが分かった。

五

近ごろ忙しい只次郎が帰ってきたのは、夜四つ（午後十時）近くのことだった。『ぜんや』の客も落ち着いて、そろそろ店仕舞いをしようかというころである。客先で酒肴を振る舞われたようだが、寒風に吹かれながら帰るうちに体が冷えてしまったと、只次郎は酒を一合所望した。

銅壺の火は落としてしまったので、鍋に湯を沸かして燗をつける。余っていたはんぺんを軽く炙って出してやると、只次郎は蕩けんばかりの顔をして食べた。

その間にお勝が帰り、親子三人が残された。お妙が表に出していた置き看板を仕舞い、表戸に突っ支い棒を嚙ませる。

「なるほどねぇ。たしかに料理の盛りつけと生け花には、通じるところがあるかもね。さすが、お志乃さんは雅だなぁ」

他に誰もいないから、お花も小上がりに座り、酒を飲む養父につき合って今日あったことを話して聞かせる。お志乃の見解を伝えると、只次郎は感心したように小刻みに頷いた。

「うん。私今まで、盛りつけってあんまり気にしたことがなかったからびっくりした。おっ母さんが料理に葉っぱを敷いたりするわけが、やっと分かった」

「あら、もしかして意味もなくやっていると思っていたの？」

お妙がくすくすと笑いながら、小上がりの縁に座ってひと息つく。立ちっぱなしで疲れたらしく、ふくらはぎを軽く揉んでいる。

「でもそういえば、盛りつけについては特に教えてこなかったわね。私もなんとなくでやってきたものだから。ごめんなさいね」

なんとなくでも、お志乃が褒めるような盛りつけができるのだ。お妙にはもともと、美しさを感じる力が備わっているのだろう。

お花には残念ながら、それがない。なにせお妙や只次郎に出会うまでは、美しいものなどなにも見てこなかった。ならばこれから、養ってゆくしかない。

「ううん。だけど面白そうだから、お志乃さんに生け花を教わってもいい？　本当に、たまぁにでいいから」

「もちろんよ。たまにと言わず、好きなだけ行きなさい」

店の手伝いがお留守になるのに、お妙は快く許してくれる。只次郎もまた、嬉しそうに笑っている。

「お花ちゃんが面白いと感じたならなによりだよ。生け花の他にも、気になることがあればどんどんおやり」

以前お妙に、「お花ちゃんにはできるだけ、好きなものを見つけてもらいたい」と言われたことがある。それがお花のゆく道を照らしてくれるかもしれないからと。

あのときは、なにを言われたのかぼんやりしすぎていて分からなかった。それが今日少しだけ、理解できたように思える。知見を増やしてゆけば進むべき道はどんどん広く、そして明るくなってゆくのだ。それはきっと、豊かなことに違いない。

「千寿ちゃんはすごいの。お茶とお花の他に、鼓も習ってるんだって。声変わりをしたら、長唄(ながうた)もはじめてみたいって言ってた」

升川屋の離れで食後の番茶を啜りながら、千寿本人から聞いた話である。

いずれは升川屋を背負って立つ身だ。よその店の旦那とも、当然つき合いが増えるだろう。菱屋(ひしや)のご隠居たちを見ているとつくづく思うが、旦那衆というのは好事家(こうずか)が多いもの。風流を解し芸事に通じていれば、そんな彼らにもするりと馴染める。そのときのために、今から備えているのだという。

「はぁ。やっぱり升川屋の若様は、ものが違うなぁ」

只次郎が感心して、吐息を洩らす。お花もそれについて、否やはない。

「立派だよね。習い事ってべつに、それ自体を極めるつもりでやらなくてもいいんだなって思った」

たとえば花嫁修業のため、料理を美しく盛りつけるため、あるいは旦那衆と親しく交わるため。動機がなんであれ自らが学んだことは、進むべき道を均したり、背中を押したりしてくれる。お花もいよいよ足を前に出して、第一歩を踏み出したい。

「あのね、私――」

もっといろんなことを学んで、『ぜんや』を継ぎたいと思ってるの。

思いきって、そう伝えるつもりだった。だがその前に突っ支い棒を嚙ませた表戸が激しく揺れて、ハッと息を飲んだ。

引いても戸は開かないから、外からドンドンと拳が打ちつけられている。お妙も只次郎も表情を引き締めて、入り口を振り返った。

「大丈夫、私が行くよ」

賊にまつわる騒動は収まったものの、夜間の客には警戒が働く。只次郎はお花とお妙をその場に押し留めるように手を突き出してから、音も立てずに土間に下りた。

草履を履いて、外の気配を窺うようにゆっくりと戸に近づく。戸口に立っても突っ支い棒には手をかけず、じっと耳を澄ましている。

するとと外から、押し殺した声が聞こえてきた。

「叔父上、そこにおられますか。お願いします、開けてくだされ」

「えっ、お栄？」

まさか、こんな夜更けに？

驚いて、お花はお妙と顔を見合わせる。

「そうです、栄にござります」

「本物かい？」

「もちろんです。叔父上がかつて、恋敵の出現に焦って突然朝稽古をはじめたことも知っております」

「おやめ。分かった、開けるから」

七声の佐助の例もあるから、もはや声だけで当人と断定できない。だが只次郎が突っ支い棒を外そうとしているところを見ると、これは本当のことなのだろう。

只次郎の恋の相手とは、お妙に違いない。恋敵など、きっと掃いて捨てるほどいただろう。養い親の若き日の焦りを知り、つい顔がにやけてしまう。

お妙は只次郎の、涙ぐましい努力に気づいていたのだろうか。聞いてみようとしたが、それより先に戸が開き、お栄が中に飛び込んできた。

外は寒かろうに、綿も入っていない黄八丈の着物に黒繻子の帯。顔と髪を隠すため手拭いを頭からすっぽりと被り、お栄は凍えて震えている。

その様子にお妙も慌てて土間に下り、火鉢の火を掻き起こす。

そうだ、呑気に笑っている場合ではない。こんな夜更けに武家の娘が一人きりで訪ねてくるなんて、のっぴきならない事情があるに決まっている。

お栄はがたがたと震えながら、只次郎に縋りつく。それから必死の形相で、こう言った。

「助けてくだされ。栄は顔も知らぬ殿方に、嫁ぎとうはござりませぬ！」

薄紅の庭

一

屋敷の内が、朝からなんとなく騒がしい。

台所女中は大鍋に湯を沸かし、奥向きの女中は汚れてもいい浴衣をかき集める。小僧は煤竹を胸に抱えて右往左往、皆を差配する若旦那の声が、遠くから聞こえてくる。

十二月十三日は、新年を迎える準備の煤払い。毎年のことながら、俵屋ほどの大店となれば掃除のし甲斐があって、店の者だけではまかないきれない。ゆえに出入りの職人や鳶人足に助力を請い、上を下への大騒ぎとなる。

人を頼めばそのまま帰すわけにもいかず、中休みには餡ころ餅、締めには酒肴の振る舞いがある。女中はその支度に大忙し。「おはようございます」と裏口から入ってきたのは菱屋の手代か。手伝いの者に配る祝儀品の手拭いを届けにきたらしい。

誰も彼も、地に足がついていないかのような浮かれっぷり。ただ一人熊吉だけが、取り残されている。

両手にすっぽりと収まるほどの包みを手に、母屋の縁側から庭へと下りる。洗濯物の盥を抱えた女中のおたえが通りかかり、気遣わしげに頭を下げて行った。

「おい、熊吉。こっちだ」

声のするほうに顔を向ければ、手代の留吉が鋤を片手に立っている。ぽつりぽつりと咲きはじめた、白梅の下。近づいてゆくと、風がふわりと甘く香った。

「ここでどうだ。梅に鶯って言うからな」

留吉が指し示す先に、目を落とす。張り巡らされた梅の根を避けて、小さな穴が掘られていた。

「用意しといてくれたんだな、ありがてぇ」

「お前のためじゃねぇ。ヒビキの声には俺だって、ずいぶん慰められたからな」

礼を言うと留吉は、つんとそっぽを向いてしまった。

手代頭の任を解かれてしばらく下働きをさせられていたが、人手不足でもあり、今は手代の仕事に戻っている。とはいえ役のつかぬ平手代。かつて嫌がらせをしていた熊吉と、肩を並べる身となった。自業自得ながらこの男も、己の境遇を耐え忍んでいる。

「そうだな。こいつは本当に、よく鳴いてくれた」

熊吉は、手の中の包みをそっと開く。横たわっているのは小さな骸。鶯のヒビキが作り物のように身を強張らせ、静かに目を閉じている。今朝の洗面を終えてすぐ、母屋の中の間に様子を見に行ってみると、籠の中で冷たくなっていた。

このところ動作が鈍くなったと感じていたし、羽の艶も落ちていたから、おそらく寿命だったのだろう。なにせ年が明ければ、十になるはずだった。小さな体で、よく頑張ってくれたものだ。

「来年も、こいつの声が聴けると思ってたのにな」

気を引き締めておかないと、涙がこぼれ落ちそうになる。熊吉はヒビキの骸を、薄紅色の綺麗な小布で包み直す。小布は旦那様が、「これに包んでやりなさい」とくれた絹物だ。冷たい土の中でもせめてこの布が、ヒビキを温めてくれたらいい。

留吉が掘った穴は小さいながら、それなりの深さがあった。これなら庭に入り込んできた野良猫に、掘り返されることもないだろう。穴の底に薄紅色の包みを優しく横たえて、そっと土をかけてやる。

「墓石はこれでいいか」

あらかじめ、手ごろな石を見繕っておいたらしい。留吉が、拳大の石を小さな土饅頭の上に置く。ほんの少しの手間で、ヒビキの墓は出来上がった。

「あの、これ」

背後から声をかけられ振り返ると、洗濯物の干し場に向かったはずのおたえである。さっき埋めた小布のような、薄紅色の花をおずおずと差し出してきた。

「落ちてたやつだけど、まだ綺麗だから」

干し場の傍に咲いている、椿である。首からぼたりと落ちるから、新しいものは花の形を保っている。その中でも、退色のない綺麗なものを選りすぐってきたのだろう。

「ああ、ありがとよ」

お陰でささやかな墓に、彩りができた。おたえははにかむように笑う。

「ヒビキの声は、私みたいな者まで励ましてくれたから」

おたえも大っぴらにはできぬ辛い出来事があり、腹に宿った子を流そうと薬を飲んだ。女中として俵屋に残るのは苦しかったに違いないが、ヒビキの涼やかな鳴き声に、胸が軽くなるひとときがあったのだろう。

まさに胸の奥まで響き渡り、心潤す声だった。父ルリオに負けず劣らずの名鳥ヒビキは、春を待たずして逝ってしまった。

「寂しいなぁ」

去年の今ごろは、上方から江戸へと帰る旅の途上にいた。難所がいくつもある、東海道の長い道のり。この一年で、ずっと遠いところまで来てしまったような気がする。

いろんなことが、ありすぎた。死んだ者も、去って行った者もいる。その上ヒビキまで、失うことになろうとは。

「ああ、墓ができたんだね」

縕袍を羽織った旦那様が、庭下駄を鳴らしてやってくる。その手には、火のついた線香の束が握られていた。

鼻先をくすぐるこの香りは、伽羅だ。線香の中でも、かなりの高直。旦那様は膝を折ると、それを惜しげもなく墓に手向けた。

「今までどうも、ありがとう」

丸い墓石をざりざりと撫でてから、生薬のにおいが染みついた手を合わせる。熊吉たちもそれに倣い、しばらくじっと墓を拝んだ。

伽羅の香りのする煙が、寒風にさらわれ消えてゆく。外にじっと佇んでいると、骨まで冷えそうな風だった。

ほどよいところで旦那様が顔を上げ、膝に手を置いて立ち上がる。この人も、ずいぶん細くなった。普段は身に纏う威厳により大きく見えるが、ふとした拍子に肩の薄さに気づかされる。

旦那様も、年が明ければ六十三。楽隠居を望む老人であった。

「熊吉、朝餉を終えたら奥の間へ来なさい。ちょっと、話がある」

大事なものを失っても、時は無情に流れてゆく。いつかきっと、もっと大きなものを失う日がくるのだろう。

その日を迎えるのがどんなに恐ろしくても、同じ場所で足踏みしてはいられない。

熊吉は「はい」と、神妙に頷いた。


旦那様が日中を過ごす奥の間は、相も変わらず雑然としたものだ。素焼きの壺に入れられた生薬の数々に、薬研に秤、箱篩。出来上がった薬は袋に入れられ、硯蓋に並べられている。

大名や旗本、大商人に向けて作られる龍気養生丹と、廉価版の龍気補養丹である。その製造を、旦那様は今も一手に担っている。

朝餉を終えた熊吉が「失礼します」と障子を開けると、旦那様は鼻に眼鏡を引っかけて、本草書に目を落としていた。いくつになっても、学びを怠らぬお人である。

「お入りなさい」と言われ、熊吉はその前に膝を進める。

書物を閉じて脇に置き、旦那様は膝に手を置いた。細くなったが、腰はちっとも曲がっていない。相対すると、熊吉の背筋も勝手に伸びる。

「さて、なにから話そうか。そうだね、まずはお前が言っていた私塾のことだ」

それについて、考えていてくださったのか。思わず知らず、喉がごくりと大きく鳴った。

薬種商が多く集まる大坂の道修町には、子弟や丁稚に勉学を教えるための私塾があった。町の者が金を出し合い、運営している塾である。上方の風物を見てきた熊吉は、同じような仕組みを江戸に持ち込めたらいいと思っていた。

その思いを旦那様に伝えたのは、近江屋の葬儀の後である。手代から主人に意見するなど出過ぎた真似だが、一連の盗賊騒ぎも収まり、気が緩んでぽろりと口にしてしまった。

あのとき旦那様は「なるほど」と相槌を打ったっきり、聞き流したように見えた。そうではなく、心に留めてくれていたのだ。

「町ぐるみとなればどうしたって、本町の旦那衆に動いてもらわなきゃならないね。あれを動かすのは、並大抵のことじゃできない」

大坂の道修町が薬の町なら、江戸のそれは日本橋本町である。特に本町三丁目には、江戸開闢以来の老舗が集まっている。本石町に店を構える俵屋が旗を振っても、耳を貸すような人たちではない。

それがよく分かっているから、熊吉も「はい」と頷いた。

「だからお前は若旦那と相談して、うちでできることから始めてみなさい。これからの俵屋を作ってゆくのは、お前たちです。求められれば助言は惜しまないが、この件に関しては、私は見守らせてもらうよ」

商家では勤めを終えた夜のわずかな時を使って、小僧に読み書きを教えたり、商いについて学ばせたりする。だがその寸暇に生薬の知識を身に着けるのは、大変なことだ。

落ちこぼれを減らすためにも、学びの時間を設けてやりたい。その一方で、日々の勤めをおろそかにすることはできない。ここはひとつ知恵を搾らねばならないが、若い者でやってみるがいいと、旦那様は言う。

「かしこまりました」

ありがたい采配である。熊吉は、恭しく畳に両手をついた。

「だが下の者たちを、気にかける余裕があるかどうか。お前たちはこれから、忙しくなりますよ」

旦那様が、こほんと咳払いをする。むしろ、ここからが本題なのだろう。

「私ももう歳だ。そろそろ商いから、遠ざかろうと思いましてね」

「と、言いますと？」

「龍気養生丹と補養丹、二つの薬の製造と販売を、お前たちに任せます」

熊吉は我知らず、お仕着せの膝をぐっと握る。

廉価版である龍気補養丹の販売は、今までも若旦那と熊吉が取り仕切ってきた。しかし龍気養生丹は客の身分を慮り、旦那様が自ら応対していたのだ。いよいよその仕事を、若い世代に譲るという。

以前生薬の届け間違いをしたときは、「お前にはまだ、小店しか任せていない」と許された。だが大名、旗本相手の商いとなれば、下手をすれば首が飛ぶ。

突然課された責の重さに、喉が窄まって声が出づらい。熊吉は、掠れた声で問いかけた。

「製造も、ですか」

「ああ。お陰様で注文が増えて、私一人の手には負えなくなってきたからね。年が明けたらお前たちに、製法を叩き込みます」

「一子相伝では、ないのですか」

家伝薬とはそういうもの。親から子の一人へと伝えられ、製法がみだりに広まることを防ぐ。旦那様がこれまで他の者に任せず二つの薬を作ってきたのも、そのためと思っていた。

「違いますが、お前たち以外に教えるつもりもありません」

旦那様から寄せられる過分なほどの信頼に、胸がかっと熱くなる。熊吉ならば薬の製法を、余所に洩らすことはあるまいと見做されたのだ。

同時にそれは、楔でもあった。俵屋印の薬の製法を知った暁には、ここに骨を埋めるつもりで働かねばならない。旦那様は息子の右腕と見込んだ熊吉を、決して逃すまいとしているのだ。

「年明けに、馬吉を手代に上げます。お前が今受け持っている小店を任せるつもりだから、大晦日の掛け取りの際にはしっかり挨拶をしておきなさい」

長吉がいない今、馬吉が小僧の中では最も年長である。そろそろ手代に上がっても、おかしくはない。

なんにせよ、熊吉に許されている返事はただ一つ。もう一度畳に手をついて、腹の底から声を振り絞った。

「はい、ありがとうございます」

二

喪失の風が吹き抜けたり、過ぎた期待を嬉しくも重たく感じたり。胸の内が落ち着かぬまま外回りに出かけてみれば、行く先々もまた騒がしい。どこもかしこも煤払いの真っ最中で、用聞きをしても「また後で」と追い払われる。注文の品を持って行っても、顔も見ずに「そこに置いとくれ」と言われて終わり。なにかと忙しい年の瀬だ。今日から年が明けるまでは、時に追われるような心地がする。

そういや去年は江戸にいなかったから、大晦日の掛け取りも今年がはじめてだ。手代になって、もうすぐ二年。まだ二年。身分ある客を相手にするには、経験不足も甚だしい。

はたしてオイラに、務まるのか。悩みながらゆくうちに、次の得意先に向かうには渡らなくてもよい筋違橋を渡っていた。

このまま御成街道を北へ行けば、慣れ親しんだ居酒屋『ぜんや』がある。でも龍気補養丹の補充は、昨日のうちに済ませてしまった。

たった一日では、それほど減っていないだろう。そう思うのに、足が勝手に前へと踏み出す。

まぁいいか。どうせ今日は、仕事にならねぇし。

諦めて、心のままにゆくことにする。今はどうしても、くだらない軽口を言って笑い合う相手が必要だった。

十二月十三日は、居酒屋『ぜんや』も煤払いのため休みである。

『ぜんや』だけでなく隣の『春告堂』と、裏店のおえんやお銀の部屋も一緒にやってしまう。子供のころ『春告堂』の手伝いに遣られていたから、そのくらいのことは知っている。

神田花房町代地に着いてみると案の定、『ぜんや』の表戸は開けっぱなしになっており、剝がした畳が積み上げられている。中からは、人の立ち働く気配が伝わってきた。

ほっとして、体の強張りが解けてゆく。それと同時に、腹まで減ってきた。

今は何時だ。たしかさっき、昼八つ（午後二時）の鐘を聞いたはず。そういえば、昼餉を食べそびれている。

でもこのぶんじゃ、『ぜんや』で昼飯というわけにもいくまい。せめて米櫃に残ってる飯でも分けてもらえると、ありがたいのだが。

などと思いつつ中に入ろうとしたら、ちょうど駆け出してきた誰かを避けきれずにぶつかった。相手の肩が鳩尾に入り、「うっ」と一瞬息が詰まる。

「ああ、申し訳ございませぬ！」

やけにはきはきとした、娘の声だ。

熊吉は鳩尾をさすりながら、「おいおい」と呆れ返る。

心配そうに見上げてくる利発そうな顔は、只次郎の姪のお栄であった。旗本の娘で、大奥帰り。にもかかわらず親の勧める縁談を嫌がって、先月から家出中の身である。さすが只次郎の姪と言うべきか、型破りなお姫様だ。

そのお姫様が今日はまた、ずいぶんな格好をしているではないか。着古した木綿の着物に、やはり古い浴衣を重ね、手拭いは頬っ被り。浴衣の上から締めている扱き帯には、煤竹を挿している。

「お栄、前を見ないと危ないだろう」

そこらへんの庶民にしか見えぬ姪の装いを咎めるでもなく、只次郎がのほほんとした顔で近づいてくる。戸口に立っている熊吉を見るやいなや、「おおっ！」と目を輝かせた。

「これは熊吉、いいところに！」

待ってましたと言わんばかりに、招き入れられる。入ってみるといつもは土間の真ん中に置かれている床几が、片隅に寄せられていた。

「あそこの梁に煤が溜まっているのですが、あと少しのところで届かぬのです」

お栄とは、すでに何度も顔を合わせている。人見知りというものを知らぬ姫様で、熊吉の袖を引っ張りながら、「ほら、あそこ」と指を差した。

床几の上に只次郎が立っても、惜しいところで届かぬ高さ。そこで表に出してある畳を重ねてみようと、お栄が外に向かいかけたというわけだ。

「分かったよ。オイラがやりゃあいいんだろう」

言いたいことは山とあるが、ひとまず行商簞笥を土間に下ろす。下駄を脱いでから只次郎に差し出された煤竹を取り、床几に上がると、梁の上には難なく届いた。

「おお、さすが熊吉！」

「その調子ですぞ、熊吉！」

はたはたと煤を払っていると、下からやんやと囃し立てられる。この叔父と姪は、性根が似ている。

「どうしたの、ずいぶん賑やかですけど」

　騒ぎを聞きつけて、二階の掃除をしていたらしいお妙が下りてきた。こちらもやはり着物の上に浴衣を引っかけ、手拭いを頭に被っている。

「あら、熊ちゃん」

　まさか外回りで立ち寄った熊吉が、手伝わされているとは思わなかったのだろう。目が合うと、お妙は気の毒そうに微笑みかけてきた。


「待って、熊ちゃん。動かないで」

　月代を、濡れ手拭いのひやりとした感触が滑ってゆく。冷たさに思わず身動ぎした熊吉は、お花に叱られ、頭を垂れたままじっと耐える。

　こんな日はどうせ仕事になるまいと只次郎に引き留められ、けっきょく最後まで煤払いを手伝わされてしまった。おおかた片づいてはいたらしく、小半刻（三十分）もせずに終わったのがせめてもの救いである。

「助かったよ。なにせ男手が只さんだけなんでね。さすがにくたびれちまった」

　敷き直したばかりの小上がりの畳に座り、給仕のお勝が煙草の煙を吐き出した。煤避けに亭主の羽織を纏っているのが温かいらしく、それを着たまま寛いでいる。

「でも熊ちゃん、頬っ被りくらいしなよ。汚れるでしょ」

月代を拭いてくれていたお花が、ついでに髷や鬢もさっと払う。それについては、迂闊だった。囃し立てられるままに掃除を進めていたら、頭に煤を被ってしまった。

「お仕着せは汚れてないね。はい、できた」

ぽんと肩を叩かれて、面を上げる。床几に腰掛けているものだから、小柄なお花の顔を見上げる形になった。その滑らかな頬にも、筆先をちょんと置いたように煤がついている。

「お前も汚れてんじゃねぇか」

手を伸ばし、親指の腹で拭ってやった。だがそのせいで、小さな点が塗り広げられてしまう。

「あ、悪い。よけい汚れた」

「ひどい！」

持っていた手拭いで、お花は己の頬を拭う。もうすっかり、元気そうだ。声に張りが戻っている。

お花が笑うと、ほっとする。これからもこうして季節の行事を積み重ね、辛い過去などうんと遠い記憶にしてしまえばいい。笑った数だけ傷跡は、きっと薄くなるだろう。

「汚れた煤竹は、どのようにすればよろしいですか」

開け放したままの勝手口から、お栄が飛び跳ねるようにして入ってくる。こちらは疲れ知らずで、くるくると動き回っている。

「ありがとうよ。焚きつけにしちまうから、裏に積んだままでいいよ」

「そうですか。かしこまりました」

頷いて、お栄は頰っ被りにしていた手拭いを取る。家出をしてきたばかりのころは大奥で流行っているという椎茸髱だったが、それではあまりに目立つため、町人の娘のような島田髷に結い直されている。お勝の口調にも遠慮がないし、もはや馴染みすぎていて怖いくらいだ。

「いやいや、武家のお姫様になにさせてんだよ」

と、つい苦言を呈したくなってしまう。

「武家だって、煤払いくらいいたします。林家は小禄で人手も足りませぬから、栄は幼少のみぎりより煤竹を振るってまいりました」

お勝に言ったつもりだったのに、答えたのはお栄である。誇らしげに胸を張るものだから、こちらもうっかり砕けた口調になってしまう。

「自慢するようなことかよ。まさか『ぜんや』の手伝いまでしてんじゃねぇだろうな」

「それは、お妙さんに止められております。栄はやってみたいのですが」

「やめときな。アンタのおっ母さんが泡吹いて倒れちまわぁ」

こうしてお栄と喋っていると、商人になりたいと言っていたころの只次郎を思い出す。下々の風習を珍しがって、なんでもやってみたがるところが同じだ。堅苦しい武家の暮らしは、この娘にもやはり合わないのだろう。

「ところで熊吉の奉公先では、煤払いはもう終わったのですか」

「いいや。うちでは店を閉めてから、夜のうちにやっちまうんだ。じゃないと、商いが滞るからな」

日本橋の大店では、そのようにしている家が多い。きんと冷えた夜空の下、家々に掲げられた提灯や雪洞の灯が揺れ、大勢の人が行き来する。それはまるで、ちょっとした祭りのようである。

「商家には商家の都合があるのですね。面白うございます」

なにを話しても目を爛々とさせて聞くものだから、この娘にはいろんなことを教えたくなる。この人誑しなところも、誰に似たのか。ただ一人お花だけが、お栄が喋りだすと一歩引いて、会話に入ってこようとしない。

この二人は、互いに十五と歳が同じ。だからといって、必ずしも仲良くなれるわけではない。むしろかえって彼我の違いが際立って、取っつきにくいのかもしれない。ましてお花は、引け目を感じやすいからな。

まったく困った性分である。傍から見れば自分と長吉も、こんな感じだったのだろうかとふと思った。

未練がましいこと、この上ねぇな。

もう過ぎたことだと、苦笑する。せめてお花はいま少し、お栄に歩み寄れたらいい。そこから学べることも、きっと多いだろうから。

「やれやれ、ちょっと冷えてきたねぇ」

「そうね、おっ母さん。これはもう、お腹に温かいものを入れないといけないね」

勝手口から引き続き、おえんとおかやがやってくる。鏡餅と大福餅を並べたような、ふっくらとした母娘である。その体に隠れるようにして皺くちゃの猿のごときお銀もいたから、気づいたときにはぎょっとした。

「待ってね、すぐ火を熾こす」

手拭いを置き、お花が調理場へと身を翻す。綺麗に掃除したばかりの竈に種火を入れ、少しずつ薪をくべてゆく。パチパチと木の爆ぜる音がして、底冷えしていた室内も、だんだん緩んできたようである。

皆が集まってきたということは、なにか美味しいものが振る舞われるのだろう。そろそろお暇しようと思っていたが、もう少し居座っておくとしよう。

そんなことを考えていたら、表の戸がからりと開いた。蓋つきの大鍋を抱えた只次郎と、お妙である。『春告堂』では煮炊きをしないため、煤払いも簡単だ。あらかじめ作っておいた料理は、いったんそちらに置いてあったのだろう。

「ほっ！」と掛け声をかけて、只次郎が竈に鍋を置く。中身はずいぶんたっぷりあるようだ。お花が気を利かせ、汁椀や箸の用意をしはじめる。

「皆さん、お疲れ様です。冷えたでしょう。鯨汁で温まってくださいね」

煤払いの後に食べるものといえば、鯨汁。

お妙の呼びかけに、おかやが丸々とした手を握って「やったぁ！」と飛び跳ねた。

三

鍋が温まるにつれて、味噌の甘いにおいが鼻先に漂ってくる。ついに空腹が耐えがたくなり、熊吉は率先してお妙がよそった汁を配った。

鯨汁には、塩鯨を使う。皮つきの分厚い脂身を、塩漬けにしたものである。それをぬるま湯で塩抜きし、薄切りにしたのを出汁で煮る。中に入れる具は、おそらく家によって違うのだろう。お妙の鯨汁には、大根、人参、牛蒡、長葱、そして厚揚げが入っている。

「でも煤払いの後って、毎年鍋じゃなかったっけ?」

皆に汁を配ってから自分の椀も確保して、見世棚越しにお妙に聞いてみる。

煤払いにつきものなのは、鯨汁。だが『ぜんや』ではいつも、皆で鍋を囲んでいた。生米から煮る締めの雑炊が絶品で、子供のころは箸が止まらず、三杯も四杯もお代わりをしたものだ。

「ええ、だけどお栄さんが鯨汁を食べてみたいと仰るから、今年はこちらにしてみたの」

一家総出で煤払いをするのは、武家も同じ。だが鯨汁は、庶民の味であるらしい。

「無理を申してすみませぬ。ありがたき幸せにござりまする」

裏店の面々とも打ち解けて小上がりで寛いでいたお栄が、こちらに顔を振り向ける。湯気の上がる汁椀を前にして待ちきれなくなったらしく、「お妙さんも、熊吉も、早う」と手招きをした。

「はいはい、皆でいただきましょうね」

お妙が前掛けを外し、調理場から出てくる。熊吉は、二人分の椀を運ぶことにした。

煤払いに精を出した全員が小上がりに顔を揃え、箸が行き渡ったのを見届けてから、誰からともなしに汁を啜る。熱々の汁だから、ズズという音がよく響く。

「くうっ、これは空きっ腹に染みるぅ」

ゆっくりと、胃の腑に向かって熱いものが流れ込んでゆくのが分かる。滋養が体中にじわりと広がって、熊吉は思わず唸った。

「はふぅ、これはあったまる」

隣に座る只次郎も、天を仰いで至福の表情。他の者も皆一様に、目を細めて味わっている。

「見た目よりも、案外脂っこくないのですね。たいそう美味しゅうございます！」

はじめて鯨汁を口にしたお栄も、喜色満面。透明な脂の浮いた汁を、不思議そうに目の高さに持ち上げた。

寒い時期の煤払いの後に鯨汁を食べるのは、おそらくこの脂が体を温めるからだ。大勢に配っても、脂の層が蓋になって汁が冷めにくいという利点もある。大根などの具材も甘い脂を吸い込んで、ただこれだけでもすこぶる旨い。

「たしかにうちで振る舞うのより、しつこさがないような。鯨の部位が違うのかな？」

俵屋で食べる鯨汁は、脂の層がもっと分厚い。しかも味噌仕立てではなく、醤油味だ。

「どうなのかしら。今朝早く、振り売りのお兄さんから買ったものだけど。下茹でを二回したから、そのせいかもね」

鯨の身は、煮すぎると硬くなる。そこで油抜きはサッと茹でて、水で洗うだけ。お妙はそれを、二度繰り返したという。

「なるほど、そりゃあいい。脂っこいのも旨いんだけどさ、次の朝が大変だもんな」

鯨汁を食べたことのある者には、言わんとすることが伝わるはず。だからあえてぼかしたのに、お銀がヒョッヒョッと嬉しそうに笑いだした。

「そうさね。脂はそのまんま、出てきちまうね」

「あっ、言いやがった。飯を食べてるときに、下の話をするんじゃないよ」

そのすぐ隣に座っているおえんが、嫌そうに眉間に皺を寄せた。そうなると、お銀はますます調子づく。

「なにを嫌がることがある。口から入れたものが、尻から出るのは道理じゃないか」

「んもう。熊ちゃんが悪いんだからね！」

　ついには熊吉が、お花から責められた。仕方ない。この場を収めるため熊吉は、「すまねぇ」と肩をすくめた。

「なぁに、食べすぎなきゃ気遣いないさ」

　お銀は涼しい顔で、ずずずと汁を啜っている。まだ八つとは思えぬほど発育のよいおかやが、焼いた餅のように頬を膨らませた。

「それが難しいんじゃない。美味しすぎて食べすぎちゃうのよ」

　そう、だからこの汁は恐ろしい。一杯に留めておいたほうが無難だと思うのに、舌が「もっと食べたい」とお代わりをねだる。その誘惑には、なかなか抗しきれない。

「でもお妙さんの鯨汁なら、二杯くらいは大丈夫じゃないかな」

　現に只次郎は、二杯目も食べるつもりだ。おえんも「そうだね」と相槌を打つ。

「下茹でを二回もしてるってんだ。きっと、三杯はいけるよ」

「増えてるよ、おっ母さん。でもそうね、この鯨汁なら平気よね」

「もちろん、栄もいただきまする！」

　一杯では収まりそうにない者が、どんどん増えてきた。だが熊吉は、夜には俵屋の鯨汁を食べるのだ。手の中の汁椀はもう少しで空になってしまいそうだが、ここはぐっと、己を律するべきである。

「たくさん作ってありますから、皆さん気が済むまで召し上がってくださいね」

なんたること。お妙がにこやかに、熊吉の決心を揺さぶってきた。

どのみち汁椀一杯では、舌だけでなく働き盛りの胃の腑も満足しようがない。きゅるると鳴いて、もっとおくれと訴えてくる。

はたしてお妙は来年も、鯨汁を作ってくれるかどうか。ならば今ここでお代わりをして、夜食べる汁は控えめにすればいいのではないか。

それならきっと、明日の朝厠で難儀することもあるまい。熊吉は、己にそう言い訳をした。

「よし、じゃあオイラもお代わりだ」

もはや、躊躇はない。椀に残った汁を、勢いよく啜り込む。

お勝だけは、鯨汁よりも煙草らしい。一杯を平らげると、未練もなく箸を置く。

「やれやれ、皆若いねぇ」

懐から煙管入れを取り出しながら、そう言って首を振った。

龍気補養丹は、昨日のうちにひと袋売れたらしい。

仕事のために立ち寄った証(あかし)として、せめてそれを補充しておくとしよう。行商箪笥から薬袋を取り出して、空いたところに揃えて並べる。

「ふぅ、しまった。食べすぎた」

只次郎が膨れた腹を撫(な)でながら、見世棚の前で作業をする熊吉に近づいてくる。鯨汁は互いに、三杯食べた。二杯までにしておくつもりだったのに、三杯目をよそいに立ったおえんにつられた。おかやも旺盛(おうせい)な食い気を見せて、同じだけぺろりと平らげた。

「ああ駄目だ、腹が苦しい。ごめんお妙ちゃん、アタシたちこれで失礼するよ」

帯を解いて寛ぎたいらしく、おえんとおかやはひと足先に裏店へと帰ってゆく。

「情けないねぇ」と苦笑しつつ、お勝も厠へと立った。

お妙は竈に鍋をかけ、汁椀を洗うための湯を沸かしている。こびりついた鯨の脂は、冷たい水で洗っても落ちないそうだ。食べ終えた後の椀を重ねようとしたら、「それは駄目！」とお花に叱られたものである。

「今日はありがとうね。熊吉が来てくれて、助かったよ」

只次郎が手を伸ばし、並べ終えた薬袋の角を揃えながら礼を言ってくる。ありがとうもなにも、煤払い要員が増えたとばかりに引き込んだくせに。

「そりゃあよかった」と、熊吉は苦笑する。その顔を、只次郎が気遣わしげに見上げてきた。

「で、なにがあったんだい？」

ああ、やっぱりお見通しだったか。

熊吉が薬の補充に回ってくるのは、三日に一度くらいのもの。用もないのに、二日続けて顔を出すことはない。

只次郎に見透かされるのは悔しいが、心の片隅で安堵してもいる。熊吉は、自分から胸の内をさらけ出すのが苦手だった。

もしかすると兄ちゃんは、旦那様から先に話を聞いているのかもしれねぇな。

龍気補養丹の売りかたを考えるようにと、言い渡されたときと同じだ。おそらく只次郎は、今回も指南役を頼まれているのだろう。

だが熊吉の胸を塞いでいる、もう一つの出来事はまだ知らぬはずだ。

「実は今朝、ヒビキが冷たくなっててな」

そう切りだすと、只次郎はぐっと息を呑んだ。やはり、予想していなかったらしい。

ヒビキは鶯商いをしている只次郎から譲られた鳥だった。名鳥ルリオの子ゆえ譲ってくれと望む者はいくらでもいたが、話し合いの末、熊吉がもらい受けることとなった。

　それがヒビキにとって、いいことだったのかどうかは分からない。なにせ熊吉は日々の雑事に追われる奉公人。ヒビキの世話を、旦那様任せにしてしまうこともよくあった。

　美しい声を聴かせてくれたヒビキのために、してやれることはもっとあったんじゃなかろうか。せめて最期のときには、傍で見守ってやりたかった。

　今さら遅いと分かっていても、後悔ばかりが湧いてくる。

「俵屋の、梅の木の根元に埋めてやった」

「そうかい」

「ごめんな、兄ちゃん」

「なにを謝ることがある。寿命だよ」

『春告堂』で飼われているハリオは、ヒビキとは同い年の兄弟だ。鶯にしては、すでに高齢。いつなにがあるか分からないと、只次郎も覚悟を決めているのだろう。それでも割りきれぬ不安が、眉のあたりを曇らせている。

「近いうちに、線香を手向けに行ってもいいかい」

「ああ、もちろん。今朝は旦那様が、伽羅の線香をひと束供えてた」

「それは豪勢だ」

静かに笑い合ってから、熊吉はひと袋分の薬の売り上げを懐に仕舞う。さて、そろそろ潮時だ。いつまでも油を売っていたら、戻りが遅いと叱られてしまう。ひと言鯨汁の湯が沸いたらしく、お妙とお花が流しに並んで洗い物をしはじめた。

礼を告げて、退散することにしよう。

だがその前に、お仕着せの袖がつんと引っ張られた。なにごとかと足元に目を転じてみれば、皺くちゃのお銀である。左の目を瞑り、白く濁って見えぬはずの右目だけがこちらを向いている。

「お前さん、その薬は大事にしたほうがいいよ」

なにを言いだすのかと思えば。訳が分からず、熊吉は眉根を寄せた。

「言われなくても、主家が売ってる薬だからな」

「それだけじゃあない。その薬はお前さんに、実りをもたらすだろう」

お銀の仕事は、人相見。その実態は思わせぶりなことを口にして、効きもせぬ守り袋を売りつける、いかさま師である。

ここは話半分に聞いておいたほうがいい。そう分かっている只次郎が、「へぇ」と頷きながら話を混ぜっ返す。

「もしかして、龍気補養丹のお陰で熊吉に子ができるとか？」

「なんだ、使わなきゃできねぇのかよ」

失礼な。熊吉はまだ、薬に頼る歳ではない。だが手代のうちは嫁をもらうことなどできないから、いざそのときには初老に近くなっているおそれがある。只次郎の冗談は、案外的を射ているのかもしれない。

真意はどこにあるのだか、お銀はすでに両目を開けて、ヒョッヒョッと笑っている。実りをもたらすというのなら、なんにせよ悪い予言ではないのだろう。

「へぇ、熊吉が商っているこれは、子ができる薬だったのでございますか」

とそこへ、手持ち無沙汰にしていたお栄も会話に加わってきた。見世棚に並べてあった薬袋を一つ手に取り、まじまじと眺めている。

すっかり帰る機会を失ってしまった。熊吉は、「ううん」と呻る。

「いや、子ができる薬というか――」

それはたんなる結果であって、この薬の効能ではない。子ができやすくなる薬として有名なのは当帰芍薬散や桂枝茯苓丸などで、しかも女が飲むものだ。

「言ってみりゃあ、男が元気になる薬だな」

「ああ、精力剤なのですね」

なんのために、持って回った言い回しをしたのだか。お栄は恥じらう素振りも見せず、はしこそうな目をして頷いた。

この薬がなにに効くのか、同い年のお花はいまだによく分かっていないらしいのに。子供のころから大奥にいたお栄は、さすがに耳年増である。あの女の園では誰にお召しがあったとか、子を授かったとか、そんな話が飛び交っているに違いない。

なにが嬉しいのかお銀がまた、ヒョッヒョッと声を上げて笑う。

「そうそう、なんでも膃肭臍の睾丸なんぞが入ってるらしいよ」

いったい誰がそんなことを、この婆さんに教えたのだろう。しかも膃肭臍の睾丸が入っているのは、この薬ではない。

「それは、龍気養生丹のほうな。そんなもんが入ってちゃ、とてもこの値じゃ売れねえよ」

龍気養生丹は一袋一分。それに対して廉価版の龍気補養丹は四百文だ。値段に差があるぶん、使われている生薬の数も効き目も違う。

「膃肭臍？」と、お栄が目を瞬いた。

「ああ、蝦夷の海にいるでけぇ獣だ」

そんな生き物は知らないのだろうと思い、説明を加えてやる。かく言う熊吉も、書物に描かれた絵でしか見たことがない。蛸坊主のような、ぬっぺりとした獣である。

「龍気養生丹は、元はお妙さんのお父上が作っていた薬なんだ。名だたる大名や、大身旗本にも人気なんだよ」

俵屋の商い指南にも関わっている只次郎が、誇らしげに胸を張る。どうやら姪っ子相手に、いい格好をしたいらしい。

それなのにお栄はなぜか、怪訝そうに眉間を寄せている。

「もしやそれは、千代田のお城にも売っておりますか」

「いいや。でも一橋家のご隠居様にはご愛顧いただいているよ」

一橋家のご隠居様といえば、今の公方様の父御である。お妙や只次郎とも、因縁浅からぬ仲であった。

「では、それにござりまする！」

なにを閃いたのか、お栄がはたと手を打ち合わせる。見てる間に、その目尻がじわじわと赤くなってゆく。

「御年寄様が仰っていました。上様は膃肭臍の薬のお陰で、近ごろますますお盛んだと。事実この一年ほど、前にも増してお手つきが増えているのです。さてはその龍気養生丹とやらが、上様の懐に流れているのですね」

これはご明察。龍気養生丹を、一橋家に納めるようになった時期とも合っている。己の血筋を栄えさせんがため、因縁浅からぬあのお方の暗躍は止まらない。

「ああ、なんということでござりましょう」

今や首元までまっ赤にして、お栄は手にしていた薬袋をぐしゃりと握った。

「あ、こら。なにをするんだ」

只次郎が驚いて、もはや売り物にはならぬ薬袋を奪い取ろうとする。だがお栄は身を躱し、叔父の顔をきっと睨みつけた。

「つまりこの薬のせいで、栄は勤めを辞める羽目になったのです！」

そうであった。お栄は公方様のお手つきになるのを嫌がって、お暇を賜ってきたのである。公方様に見初められることがなければ、大奥でうんと出世をする心積もりでいたという。

「いやそれを、薬のせいにするのは乱暴なんじゃないか」

「いいえ、そうでもなければ呉服の間に移ったばかりの栄のような者を、どうして所望なされましょう。栄が今こうしてここにいるのは、叔父上と熊吉のせいにござりまする！」

「ええっ、なんでオイラまで。一橋様からの注文を取ってきたのは、兄ちゃんだぜ」

こんなことで怨まれるなんて、冗談じゃない。熊吉は慌てて顔の前で手を振った。

洗い物をしていたお妙とお花も、なにごとかと手を止めてこちらを見ている。お銀はすでに興味を失ったらしく、床几に掛けてうつらうつらと船を漕ぎだした。

「それではやはり、叔父上が悪いのです！」

気持ちの昂ぶりに任せ、お栄の声も甲高くなってゆく。こめかみに突き刺さるような、若い娘の金切り声は辛い。聞いているうちに、頭が痛くなってくる。

「分かった。そうだね、私が悪かった。お栄の出世を妨げてしまって、申し訳ない」

これはもはや、謝らぬかぎり収拾がつかない。そう踏んだらしく、只次郎が態度を軟化させる。

「本当に、そう思っておられますか」

「ああ、もちろんだ。すまなかったよ」

叔父と姪は、しばらくの間じっと互いを見合っていた。お勝がちょうど厠から戻り、「何事だい？」と目で問いかけてくる。だがそれに、答えを返す者はいなかった。

やがてお栄が、体に溜まった熱を逃がすように、ふうと大きく息をつく。それからさっきまでの剣幕が嘘のように、にっこりと微笑んだ。

「ようございました。それならば栄の身柄を、父上に引き渡したりはなさいますまい」

驚いた。これはなんというしたたかさ。

只次郎が「あっ!」と叫び、己の額をぴしゃりと叩いた。

四

厠の戸を、誰かが外から叩いている。

あちらも切羽詰まっているのだろう。「おうい、まだかい」と、か細い声が聞こえてくる。

ただでさえ、奉公人用の厠は混み合うもの。煤払いの翌朝となれば、なおさらだ。早く代わってやらなければ。そう思うのに、いっこうに立ち上がることができない。

それでもどうにかきりのよいところで切り上げて、脇にずらしていた褌を元に戻す。

「すまねぇ、待たせちまった」

「ああ、熊吉さんでしたか。そんな、こちらこそ――」

「いいから、早く入んな」

「はい、すみませぇぇん」

順番を待っていたのは、小僧の馬吉だった。尻を押さえて厠の中へと駆け込んでゆく。冷たい井戸水で手を洗ってから、熊吉は「ふぅ」と息をつく。

俵屋の煤払いは例年どおり暮れ六つ（午後六時）過ぎに始まり、深夜に及んだ。長身の熊吉はここでも重宝されて、人一倍働いた。

しかし夜が更けるにつれ寒さも厳しくなり、どんなに動いても体が温まらない。煤払いが終わるころには骨の髄まで冷えきっており、しかも切ないくらい腹が減っていた。

そんな状態で、熱々の鯨汁を啜らずにおられるものか。脂のたっぷり浮いた醤油味の汁を、丼になみなみとよそってもらった。お妙の作った汁に比べればしょっぱくて雑な味だが、めいっぱい働いた後にはあれが旨い。

挙句の果てが、この有様である。やれやれと、熊吉は着物の上から腹を撫でさする。仕事が始まる前に、あと一度くらいは厠に籠もる羽目になりそうだった。

それにしても、昨日の兄ちゃんは可笑しかったな。

思い返すと、口の端がにんまりと持ち上がってしまう。誰が見ているか分からないから、頰を硬くして押し留めた。

どんなに型破りであろうとも、お栄はしょせん武家の娘。兄の面目を潰さぬため、只次郎はいずれ彼女を林家に戻すつもりでいたのだろう。迎えの者にも「お栄がもう少し落ち着くまで」と言い含め、つかの間の自由を与えていたにすぎない。お栄はそれを、見越していた。林家に連れ戻されて、顔も知らぬ男に嫁がされるなんてまっぴらだ。どうにかして叔父を味方に引き込めないかと、機会を窺っていたに違いない。

そんなわけで只次郎はまんまと嵌められ、言質を取られた。熊吉もすっかり騙されて、お栄が本気で癇癪を起こしたと思ったくらいだ。まったくもって、天晴れなお姫様である。

あの娘なら本当に、大奥で大出世をしたかもしれないのに、もったいないこと。この先林家とひと悶着あるかもしれないが、有望な芽を摘んでしまった償いとして、只次郎を散々に振り回せばいい。

兄ちゃんもこれからまた、大変だ。

気苦労が絶えないのは、決して自分ばかりではない。そう思うと、気持ちがすっと軽くなる。皆それぞれに、己の人生と向き合っている。精一杯生きるとするか。しょうがない。今日もまた、熊吉はうんと伸びをする。まだ幼さの残る小僧が通りかかり、白い息を吐きながら、

「おはようございます」と頭を下げた。

「おはよう。お前も厠か」

鯨汁を食べすぎたんだろうと、からかってやる。小僧は腹の前に手を握り合わせ、前屈みになって歩いていたのだ。

「あ、いえ。そうじゃなくて――」

小僧ははにかみつつも熊吉に向き直り、手のひらを上にしてそっと開いた。皹の目立つ、小さな手だ。その上にちょこんと乗っていたのは、薄紅色の椿だった。

白梅の木の下に、椿の花がなぜか固まって落ちている。

近寄って見てみると、それはヒビキの墓だった。小さな墓石が埋もれるくらい、椿の花が供えられていた。

「昨日から皆こうして、お供えをしているんです。花を買う金がなくて、落ちてた椿で悪いけど」

まん丸な頰を窪ませて、隣に立つ小僧が笑う。するりと片膝を折ると、手にしていた花を椿の小山のてっぺんに置いた。

はじめに落ち椿を供えたのは、女中のおたえだ。それに倣って小僧や手代も、入れ替わり立ち替わり花を手向けに来たのだろう。

聞けば昨夜煤払いに訪れた鳶人足も、この墓に手を合わせてくれたという。

「奉公に上がったのがちょうど今年の春先で、慣れないことばかりの毎日だったけど、ヒビキが鳴くと『ああ、いい声だなぁ』って、つかの間うっとりしちまって。家の近くでも、藪鶯がよく鳴いていたんです」

この小僧の生家は、王子のあたり。緑も川も藪もあり、鶯もさぞ住みやすかろう。ヒビキの声を聴くたびに、「達者で」と送り出してくれたお父つぁんとおっ母さんの顔を思い浮かべ、心の支えとしていたそうだ。

「そうか。お前にとってもヒビキの声は、慰めになっていたんだな」

同じ鳴き声を聴いたとしても、心に浮かぶ人の顔や景色は皆違う。親元を離れたばかりの小僧は特に、辛いことも多かったろう。そんな中でもヒビキの声が一つの拠り所となっていたなら、なによりだ。

こんなにも、愛されていたんだな。

薄紅色に彩られた墓が、じわりと滲んで見える。鶯が鳴きはじめるには、まだ早い。でも耳の奥には美しいヒビキの声が、鮮やかに響いている。

俵屋に来てくれて、ありがとう。

目頭をぐっと押さえてから、顔を上げる。小僧はそんな熊吉の様子に、気づかぬふりをしてくれている。

「さ、行こう。急がねぇと朝飯を食いっぱぐれちまう」

白梅の甘い香りが、風に溶ける。手を置いて促した小僧の背中は、頼りないくらい骨張っていた。

「ああその前に、皹に効く軟膏をやるよ」

ホー、ホケキョ。

幻聴に耳を澄ましながら、熊吉は歩きだす。

椿餅

一

額に汗を浮かべつつ、小豆を煮る。

指で摘まんでみて簡単に潰れるほど柔らかくなったら火から下ろし、笊で漉してゆく。小豆の皮が綺麗に取れたら、さらに目の細かい漉し器を使う。

竈では大根の下茹でもしており、湯気で調理場全体が蒸されている。握った木べらに力を込めているうちに、首回りもうっすらと汗ばんできた。

寛政十三年（一八〇一）、睦月十五日。正月気分もそろそろ仕舞いの、小正月である。

この日は戸を鎖し休みとしている商家も多いが、『ぜんや』はいつもどおりに店を開け、そして先ほど最後の客を送り出した。

小豆を漉している間に、夜四つ（午後十時）の鐘が鳴りはじめる。その音が止まぬうちに、あらかじめ用意しておいたさらし布で、漉し終えた小豆の水気をぎゅっと搾った。

こうしてさらし布の中に残ったものが、生餡だ。お花はいったん顔を上げ、「ふう」と息をつく。大鍋の前で大根の固さをたしかめていたお妙が、「その調子」とばかりに頷きかけてきた。

手順はこれで合っているらしい。小豆の皮を取り去らない粒餡よりも、漉し餡は手間がかかる。そのぶん滑らかに仕上がると、嬉しいものだ。

さて、もうひと息。と意気込んだところへ、勝手口が開いて只次郎がやってきた。

「あれっ、まだ寝支度に入っていないのかい」

そう言う当人はすでに歯磨きを終えたらしく、首に掛けた手拭いで口元を拭っている。あとはもう、夜具を敷いて寝るだけだ。

「ええ。塩鰤が入ったので、明日のために大根を炊いておこうと思いまして」

「ということは、鰤大根ですね！」

お妙が応えると、たちまち只次郎の目が輝いた。行灯の明かりを減らしてあるぶん、薄暗がりの中でいっそう白目が際立った。

「それは楽しみだなぁ」

献立一つでこんなにも喜んでくれるなら、作り甲斐があるというもの。お妙が只次郎と夫婦になったわけも、分かる気がする。

「お花ちゃんのそれは、餡子？」

「うん、明日の準備」

「ああ、熊吉か」

調理場との境の見世棚に肘をつき、只次郎が顔をしかめる。

一月十六日は、商家の奉公人が一斉に羽を伸ばす藪入りである。その日は熊吉がやって来て、普段は味わえぬ酒と共に『ぜんや』の料理を食べてゆく。だからもちろん、好物の蓮餅も作るつもりだ。

「どうしてそんな顔をするの？」

「そりゃあもちろん、愛娘が他の男のために餡を煮てるなんて、面白くないからさ」

「お父つぁんの分も作るよ」

「本当かい。嬉しいねぇ。汁粉かな」

只次郎の頬が、とたんに緩む。目尻まで下げて、まるで恵比寿様のようである。

「ううん。お汁粉じゃないの」

「なら、餡ころ餅？」

「さぁね。明日のお楽しみ！」

お妙と目配せを交わし合い、お花はうふふと笑う。

妻と娘の微笑みに、只次郎はますます相好を崩した。

「ええっ、なんだろうなぁ。じゃあ明日が早く来るように、私はもう寝てしまうよ」

　藪入りといっても、商家の主は家にいる。明日は朝から一件、商い指南が入ってい
るそうだ。

「二人とも、ほどほどにして早く寝なさいね」

　言い置いて、只次郎は二階へと向かう。

「はぁい」

　その後ろ姿に返事をしてから、鍋に砂糖をたんまり。さらに水を加えて、火にかけ
た。

「焦がさないよう、気をつけてね」

「うん、分かってる」

　お妙に見守られながら、砂糖を煮溶かす。溶けたところへさっきの生餡をどさりと
入れて、馴染ませてゆく。

　さて、ここからが大変だ。強めの火で練り混ぜることによって、餡には艶が出る。

ぼんやりしていると焦げるから、決して手を止めてはいけない。

「わっ！」

　あぶくが弾けて熱々の餡が飛んできても、怯んでいる場合じゃない。少しばかり手

に跳(は)ねたが、幸い火傷(やけど)はしなかった。

「代わりましょうか？」

「ううん、平気」

水気が飛んで餡がもったりしてくると、かき混ぜるへらが重くなる。それでも気を抜くと焦げてしまうから、手を休めるわけにいかない。

腕が重だるくなってきたが、もうひと踏ん張り。頬に流れ落ちてきた汗を拭いもせず、お花は手を動かし続ける。木べらで掬(すく)っても落ちない程度の硬(かた)さになれば、出来上がりだ。

「ふぅ」とひと息ついてから、熱々の餡を俎(まないた)の上に薄く広げてゆく。こうやって冷ますことで、艶よく仕上がる。

餡子は今までに何度も煮ているが、分量を測るところから、すべて一人でやり遂(と)げたのははじめてだ。うまくできたことに安堵(あんど)と満足を覚え、お花は両頬をにんまりと持ち上げた。

「お疲れ様。火の始末はしておくから、お花ちゃんも歯を磨いてらっしゃい」

大根も、ちょうど茹で上がったようだ。そろそろ寝ないと、明日に響く。

「分かった。ついでにこれも、洗ってきちゃうね」

今日は十五夜、雲もない。手燭がなくても外は充分に明るいはずだ。そう踏んで、お花は使い終えた鍋とへらを手にお勝手を出た。

井戸の水はもはや、骨に染みるほどではなくなっている。それでも指先がまっ赤になって、じんじんするくらいには冷たい。

汲み置きの水を使えばよかった。と後悔しても、もう遅い。手が冷えたせいで、頭まですっかり冴えてしまった。

お妙に「おやすみなさい」と言ってから、『ぜんや』の隣、『春告堂』へと向かう。夜更けの風に身を縮めながら勝手口を入って、しっかりと戸締まりをした。

眠れるかな。

手にふうふうと息を吹きかけながら、二階に上がる。間取りは『ぜんや』と同じだから、明かりがなくても手探りで充分だ。階段を上りきって襖を開けると、ほんのりとした温もりに体が緩んだ。

「あっ、お花さん。お戻りにござりますか」

床を延べ、腹這いになっていたお栄が顔を上げる。灯芯を減らした行灯の下で、草紙を読んでいたようだ。火鉢の炭はまだ始末されておらず、じんわりと赤く光っている。

「冷えたでしょう。ささ、どうぞお当たりなされ」

暖が取れるのはありがたい。お花は勧(すす)められるまま火鉢の傍(かたわ)らに膝(ひざ)をつき、手をかざす。

じんじんと疼(うず)いていた指先が、ほぐれるようだ。体が温まると共に、どこかに去っていた眠気が少しばかり顔を出す。瞼(まぶた)がわずかに重たくなった。

「先に寝ててって言ったのに」

「ええ。ですがこの草紙があまりに面白うて、つい」

ここの大家は貸本屋だ。そこから借りてきたのだろう。表紙をちらりと見てみると、『古事記傳(こじきでん)　十二』とある。

なんだか頭が痛くなりそうな、改まった書体である。しかも長い。この草紙は、この先何巻まで続くのだろうか。

お栄はとにかく、文字があればなんでも読む。洒落本(しゃれほん)や滑稽本(こっけいぼん)も、「面白うござります！」と言っていた。難解な本も通俗趣味も、お栄にかかればなんでもかんでも「面白い」だ。

「ふぅん」

お花にはよく分からないから、聞き流す。お栄と話していると、己の知見の狭さを思い知る。だから先に寝ていてほしいのに、お栄は寝る前のお喋りを楽しみにしている節があった。

お栄が家出をしてきてから、共に『春告堂』で寝るのがあたりまえになってしまった。本音を言えば気まずいのだが、お妙と只次郎に対する遠慮もある。なにせあの二人には、実の子がいない。それもこれも彼らが夫婦になってからずっと、お花を挟んで寝ているせいではあるまいか。

お妙に子ができたら、もはや自分は不要ではないかと思い悩んだこともある。あのころはまだお妙や只次郎、そしてなにより己のことを、信じきることができなかった。でも今ならきっと、新しい命の芽生えを心の底から喜ぶことができると思うのだ。

だからお花はお栄にせがまれるままに、こうして床を並べている。なにが楽しいのか分からないが、お栄は思いつくままに様々なことを尋ねてくる。

「ときにお花さん、なにやら着物から甘いにおいがいたしますが」

「うん、餡子を煮てた。明日は藪入りだから」

「藪入りには、餡ころ餅でも作る習わしにござりまするか」

「べつに、そういうわけじゃないけど」

どうやら町方の風習が、珍しくてならないらしい。武家のお姫様で長年大奥にいたせいもあり、博識でありながら、驚くほどあたりまえなことを知らなかったりもする。たとえば鯨汁を食べたことがなかったり、正月に家々を回る門付け芸人を珍しがって大はしゃぎしたり。はじめて見るものには目を輝かせ、「あれはなんにございまするか」とお花の袖を引いてくる。そうやって林家に帰らぬまま、再三の催促も聞かずに居座っていた。

「はっ、藪入りということは、もしや明日は升川屋に行っても、常の商いの様子は見られないのですか」

「そうだと思う、たぶん」

新川の下り酒問屋升川屋でも、明日は奉公人を休ませるだろう。商家によっては藪入りの日にちをずらすところもあるようだが、『ぜんや』常連の旦那衆の店は、どこも十六日だったはずだ。

「それはちと残念」

「どのみちお勝手から入るよ。表からだと、商いの邪魔だもの」

升川屋の離れでは明日、お梅の行儀見習いがある。なんでも次は、美しい手跡を学ぶそうだ。

お花もぜひにと誘われたが、熊吉の訪れがあることを理由に断った。その代わり、お栄が行きたいと言いだした。

なんでもお志乃は、妙貞流の文字を書くそうだ。といっても、お花にはなんのことだか分からない。お妙から聞いたところによると、かつて長谷川妙躰という女性書家がおり、多くの女筆手本を書き残しているらしい。

妙貞流とはすなわちその流れを汲む手跡であり、宝暦ごろまで上方の町方女性から大いに支持された。お志乃が幼少のみぎりに書を学んだ師は、その妙躰門下であったという。

「妙貞流の方にご指南いただくのははじめてですから、楽しみにございまする！」

そう言って、お栄は満面に笑みを広げたものだった。

今さら妙貞流とやらを学ばずとも、お栄の手跡は充分素晴らしいのに。素晴らしすぎて、学のないお花には読み下すことができぬくらいだ。それでもまだ、新しいものを身の内に取り入れようとする。

ふた月近く共に過ごしてみて、分かってきた。お栄というのは、知識欲の化け物だ。もはや己と引き比べ、気後れするのも馬鹿らしい。たとえばお花は知らぬことを恥と感じるが、お栄は違う。知らぬことを喜びとし、まるで乾いた砂に水を落とすかのように吸い込んでしまう。

身分や育ちだけではない。お栄とは、根本の人が違うのだ。

いったいどうして、このような者が旗本の娘に生まれついてしまったのか。親の勧める縁談から、逃げてきたのも頷ける。他出もままならぬ武家の奥方など、お栄にとっては息苦しくてしょうがない立場であろう。

だからといって、このままでいいはずがない。お栄は年賀の挨拶に、生家へ赴くことすら断っている。

お父つぁんは、お栄さんの身柄を引き渡さないと約束させられていたけれども。

この先、どうするつもりなのだろう。なにか、策はあるのだろうか。

ぱちりと炭が爆ぜる音がして、お花はハッと正気づく。いけない、物思いに耽ってしまった。

お栄はいつの間にか箱枕に頭を乗せて、すうすうと寝息を立てていた。町家にいても目立たぬようにと、頭は島田に結ってある。はじめはあまり似合っていなかったが、この髪型にもだんだん馴染んできたようだ。

年が明け、お花もお栄も十六になった。もはやいつ嫁に行ってもおかしくはない年頃だ。お花もいずれ、お妙や只次郎から縁談を勧められる日がくるのだろうか。

健（すこ）やかに胸を上下させている、お栄の寝顔はやけに幼（おさな）い。むしろ夢の中のほうが、己の望むままに生きられるのかもしれない。

冷えていた手指は、すでにほぐれた。この温もりがあるうちに、寝てしまおう。

火鉢の炭に灰を被（かぶ）せてから、お花はするりと帯を解（ほど）いた。

二

翌朝早く、鶯（うぐいす）のハリオの初音を聞いた。

暦（こよみ）の関係で、今年は新年早々に鳴くかもしれないと心待ちにしていた。予想に反し小正月を過ぎてからとなってしまったが、それでも無事鳴いてくれたことに安堵（あんど）する。なにせ同い年の兄弟であるヒビキは、春を待たずに旅立ってしまったのだから。

「そうか、今年も鳴いてくれるか。ありがとうよ」

只次郎は涙を流さんばかりに喜んで、ハリオの餌（えさ）としてえびづる虫を捜して捕まえてきた。

そのおこぼれに与（あずか）っている若鳥のヒスイも、ピチュ、チュチュチュとぐぜり鳴きをはじめており、そろそろ文句を覚えそうだ。歌が上手（うま）いかどうかはまだ分からないが、こちらも先の楽しみである。

鶯たちの世話を終え、朝餉を済ませると、只次郎は早々に商い指南へと出かけていった。お花とお妙は、いよいよ今日の献立の仕込みである。

「鰤大根と、蓮餅の餡かけは決まってるでしょう。あとこの芥子菜は、お浸しにしましょうか」

「うん、ピリリとしてお酒に合いそう。あと蜆が入ったのもいいね。熊ちゃん、今日はお酒を飲むだろうから」

「そうね、蜆汁にしましょう」

つき合いのある棒手振りが届けてくれた菜料を見世棚に並べ、二人で案を出してゆく。酒の酔いを翌日に持ち越さぬためには、蜆汁。そのくらいのことは、酒を嗜まぬお花でも知っている。

「お豆腐はさっぱりと、八杯豆腐なんてどう?」

「いいね。大根おろしを添えてね」

水六に対し、醤油一、酒一で豆腐を煮立てるから八杯豆腐。素朴だが、これが案外酒に合うらしい。

「あとは、牡蠣だね。どうしよう、味噌で煮る?」

「それもいいけど、蜆汁が味噌仕立てでしょう」

二人揃って、仕入れたばかりの牡蠣に目を落とす。殻を外してみると、ぷりっとよく肥えていた。これは身が固く縮まらないよう、さっと煮るのがいいだろう。

「あ、そうだ！」

なにを思いついたのか、お妙がくるりと身を翻す。造りつけの棚から、両手にちょうど収まるほどの大きさの壺を取ってきた。

「せっかくだから、これを使い切ってしまいましょうか」

蓋を取り去ってみると、夏のうちに作っておいた実山椒の醤油漬けだ。ちまちまと使ってきたから、残りは少なくなっている。

「牡蠣の山椒煮！」

それはいい。お花はぱちんと手を打ち鳴らす。山椒の風味が染み込んだ、大粒の牡蠣。頭に思い描いただけで、じわりと唾が湧いてくる。

「じゃあ味を染み込ませたい鰤大根と、冷めても美味しい山椒煮から作っていきましょうか。鰤の塩抜きはもういいかしら」

「うん、そろそろいい塩梅だと思う」

昨日仕入れた塩鰤は、朝起きてすぐ塩水に漬けておいた。魚の塩抜きは真水に漬けておくと早いが、それでは旨みまで一緒に抜けてしまう。だから塩水を使い、ゆっくりと塩を抜くのである。

お妙と手分けして、作業を進める。しばらくすると、升川屋から迎えの駕籠がきた。

お花はいったん手を止めて、『春告堂』で支度をしていたお栄を呼びにゆく。

黄八丈の着物に、博多の帯。町娘風のなりをしたお栄が、弾む足取りで駕籠に乗った。

「あの、これを託かってきたんですが」

駕籠につき従ってきた升川屋の下男だという男が、お花に小さな紙の包みを差し出してきた。前もって、お志乃に頼んでおいたものが届いたのだ。

「ありがとう」と受け取ると、ほどなくして前後の駕籠舁きが柄を担ぐ。

「では、行ってまいりまする」

笑顔で手を振るお栄を見送り、お花は紙の包みを開けた。

中から出てきたのは、艶々とした緑の葉っぱの束である。

注文どおりの品だった。

献立の下拵えをすべて終えたころに、昼四つ（午前十時）の鐘が鳴りはじめた。

もはや熊吉が、いつ顔を見せてもおかしくはない。急がなければと、お花は袖にからげた襷（たすき）を締め直した。

「手伝いましょうか？」

「ううん、一人でやってみる」

お妙の手助けも断って、再び調理場に立った。熊吉のために、菓子を作るのだ。

「ええっと、まずは——」

頭の中で手順を整理してみる。はじめは蒸し器の用意からだ。両手鍋に水を張り、竈にかけた。

湯が沸（わ）くのを待つうちに、糯米（もちごめ）の粉を取り出してさっと洗う。それを被（かぶ）るくらいの水に浸しておく。

さて、お次は。そうだ、あれの塩抜きをしておこう。

造りつけの棚から、小壺を取り出す。蓋をそっと開けてみれば、中には粗塩が詰まっている。それを掻（か）き分けてゆくと、薄紅（うすべに）色の彩（いろど）りがちらりと覗（のぞ）いた。

思っていたより、色が抜けていない。椿（つばき）の花片の、塩漬けである。

さっき届けてもらったのは、椿の葉っぱ。花片も、前もってお志乃に頼んで譲り受けた。升川屋の、庭に咲いていた椿である。

塩抜きは、ほどほどでいいはずだ。椿の塩漬けを笊に空け、水で洗ってからぎゅっと搾る。

「お花ちゃん、沸いてるわよ」

床几に掛けて番茶で一服していたお妙が、竈を指差した。いけないと、肩が跳ねる。火にかけておいた鍋が、いつの間にか煮えたぎっている。

でも、焦りは禁物だ。こういうときこそ、落ち着かねば。己にそう言い聞かせ、ゆっくりと息を吐く。それから水に浸けておいた糯米粉を、手早く別の笊で漉す。

水を吸った糯米粉は、さっきよりも丸く膨れている。それを蒸し布を敷いた蒸籠に平たく広げ、煮えたぎる鍋に重ねた。

あれもこれも、一人でやるのは大変だ。でも少しずつ、慣れてゆきたい。いつかこの店を、引き継ぐときのためにも。

そういえば、言いそびれたままだったな。

『ぜんや』を継ぎたいと、お妙や只次郎に伝えるつもりだったのに。お栄の家出騒動に紛れて、言う機会を逃してしまった。

近いうちに、言えるといいな。

そんなことを考えながら、お花は固く絞っておいた椿の花片を、ざくざくと切り刻んでいった。

三

おかしい。熊吉が、いっこうにやって来ない。

年に二度の藪入りには『ぜんや』が開く前に現れて、お喋りをしながら夕暮れどきまでゆったりと過ごすのが常なのに。給仕のお勝が到着しても、昼餉の常連である「マル」や「カク」が訪れても、いっこうに姿を見せる気配がなかった。

どうしたんだろう。なにか、あったのかな。

俵屋のある本石町二丁目から『ぜんや』までは、熊吉の足ならば小半刻（三十分）もかからぬはずだ。その道中で、なにかしらの騒ぎに巻き込まれたのかもしれない。たとえば喧嘩の仲裁に入ったり、急に産気づいた女のために産婆を呼びに走ったり、掏摸を見つけてとっちめたり。熊吉ならばいずれも見過ごしにはできず、首を突っ込みそうである。

「お花ちゃん。すげぇよ、この山椒煮」

「ああ。ぷるっぷるの牡蠣を噛みしめたとたん、山椒の風味の混じった汁がぶわぁっと溢れ出て、俺ぁもう溺れちまいそうだ」

供したばかりの料理の旨さに「カク」と「マル」が打ち震えている。けれども店の入り口ばかりを気にして、よく聞いていなかった。

「えっ、なに？」

慌てて小上がりを振り返ると、「カク」があだ名のとおり角張った顔をしかめて笑った。

「なんだい、熊吉かい？」

人待ち顔でいたのが、見透かされている。お花は「うん」と頷いた。

「だって、なかなか来ないから」

「なぁに、心配いらねぇさ。熊公だって、年頃だろ。手代仲間に誘われて、いいところに行ってるに違いねぇよ」

昼酒がほどよく回り、「マル」もまた上機嫌。空になった盃に酒を注ぎ足してから、お花は首を傾げた。

「いいところって、お芝居？」

実家が遠くて藪入りの帰省が叶わぬ奉公人は、旦那様に小遣いをもらって芝居見物や買い物を楽しむという。同輩に誘われて、熊吉も芝居小屋で遊んでいるのだろうか。

「おいおい、お花ちゃん。初心にもほどがあるんじゃねぇか。いいところって言やぁ、そりゃあ――」

「そうだね、もちろん芝居だね」

給仕のお勝が、唐突に割り込んできた。ついでに「マル」の額をぴしゃりと叩く。

「あいて！」と短く叫び、「マル」は額を押さえて身を丸くした。

「大袈裟だよ」

それにしては、ずいぶんいい音がした。お花は申し訳程度に、「マル」の背中を撫でてやった。

「熊ちゃん、お芝居に夢中になっちゃったのかな」

芝居は朝早くから、暮れ六つ（午後六時）ごろまで演っている。夢中になって最後まで観てしまったら、『ぜんや』に立ち寄る暇はない。

「大丈夫よ。だって、約束したんでしょう」

お妙が小上がりに、出来たての八杯豆腐を運んできた。ほくほくと立ちのぼる湯気が、いかにも旨そうだ。

「うん、そうだけど」

「ならきっと、そのうち来るわよ」

熊吉の訪れがあったのは、一昨日のこと。龍気補養丹の補充にやって来て、藪入りはいつもどおり『ぜんや』で過ごすつもりだと言っていた。「必ず来てね」と念を押すと、「楽しみにしてるよ」と笑い返してくれたのだ。

指切り、しとけばよかった。

なぜこんなにも、やきもきしているのだろう。来ると聞いていたから昨夜から餡子を煮て、熊吉を迎える支度を整えた。その真心を無駄にされたくなくて、焦れている。

私が勝手に、やったことなのに。

熊吉もすでに、二十歳になった。妹のような存在のお花より、手代同士のつき合いのほうが大事なときもあるのだろう。

頭では分かっているのだが、気持ちはいまひとつ割り切れなかった。

「いやはや、お花ちゃんも熊吉も、大きくなったなぁ」

お花が只次郎に拾われて、『ぜんや』に伴われたのが九つのとき。そのころからの知り合いである「カク」が、なぜか眩しげに目を細める。

「熊吉にかぎっちゃ、大きくなりすぎだけどね」

「違いねぇ」

お勝と「マル」も、どういうわけだか微笑ましげだ。

彼らにとっては、熊吉を待ちわびるお花の様子が可笑しいらしい。

決めた。熊ちゃんが来たら、「遅い！」って怒鳴りつけてやる。

腹立ち紛れに決意を固め、空いた皿を引いてゆく。ほどなくして、表の戸がするりと開く気配がした。

飛び跳ねるような勢いで、そちらに顔を振り向ける。だがそこに立っていたのは、団子のような面つきの小男だった。

「あら、亀吉さん」

前掛けで手を拭きながら、お妙が男を出迎える。もう何度も顔を合わせている、林家の下男である。

家出娘のお栄を連れ戻すため、林家から寄越されるのがこの亀吉だ。しかし只次郎にすっかり丸め込まれており、近ごろは酒を一杯ひっかけに来ているようなもの。お妙の料理を大喜びで食べて、いつも手ぶらで帰ってゆく。まったく役に立たぬ使いである。

「すみません。今は只次郎さんもお栄さんも、留守にしておりまして」

「はぁ。だ、そうですよ」

亀吉が、屋外に向かってそう告げた。今日は誰か、同行者がいるのだろうか。

そう思う間もなく、がっしりとした体つきの男が戸口にぬっと立った。羽織袴の、二本差し。獅子頭のような厳めしい顔をしており、お花は「ひっ」と小さく息を呑んだ。

「ようこそ、おいでなさいませ」

お妙があらたまって、頭を下げる。男は睨みつけるようにお妙を見てから、「フン」とそっぽを向いた。

「ならば戻るまで、待たせてもらおう」

武家の男は、この場で名乗るような真似はしなかった。だがお花にも、相手の素性は見当がついた。

こんな恐ろしげな人が居座るのかと、冷や汗が出る。

しかし相手はお武家様。無愛想に追い返すわけにもいかなかった。

「ひゃあ、おっかなかったな。あれが只さんの、兄君か」

「似てねぇな。亀吉さんに案内されてなきゃ、兄弟とは気づけねぇよ」

「アタシもはじめて会ったけど、なんだか武骨なお人だねぇ」

「カク」と「マル」、それからお勝が、小上がりで声をひそめて噂をし合う。

考えることは、皆同じ。お花も兄弟がここまで似ないものかと、驚いた。

さっきのお武家様は只次郎の兄で、林家の当主にあたる重正だ。何度使いを遣っても帰ってこない娘に痺れを切らし、ついに重い腰を上げたのだろう。

堅物だと、只次郎やお栄に評されていた御仁である。あの二人とは、たしかに反りが合わなかろう。風貌はもちろんのこと、身に纏う気配が頑なだ。

もっとも武家の在りかたとしては重正のほうが正しくて、只次郎とお栄が型破りなだけかもしれないが。

「なぁ、お妙さんは面識があったのかい？」

鰤大根を運んできたお妙に、「マル」が尋ねる。鰤の風味を吸い込んだ大根が、艶々と飴色に輝いている。

「いいえ、私もお目に掛かったのははじめてです」

「なんだって。初対面なのに、あんなに睨んできやがったのか」

「それはまぁ、しょうがないことです」

どことなく、お妙の微笑みが寂しげに見える。

只次郎が武家をやめて町人になったのは、惚れたお妙と一緒になりたいと願ったからだ。そのため兄を必死に説き伏せて、菱屋のご隠居の養子になるという形に落ち着いた。そりゃあ重正の目から見れば、お妙は弟をたぶらかした悪女なのかもしれない。

嫌な人。だからって、あんな態度を取らなくてもいいのに。

その重正は、今は『春告堂』で只次郎とお栄の帰りを待っている。

「後ほど、酒肴をお持ちいたします」というお妙の申し出を「いらぬ！」と突っぱねて、水すら所望せず居座っている。

もしや下々が作ったものなど、口にはできぬと言いたいのだろうか。

重正に対する反感は、お花の胸の内で膨れ上がるばかりであった。

四

只次郎が仕事を終えて帰ってきたのは、重正の来訪から半刻（一時間）ほど経ったころである。

戻るなり「隣に兄君が来てるぜ」と「カク」に告げられて、「うげっ！」と大きく顔をしかめた。

けれどもあまり、驚いている様子はない。お栄がここにいるかぎり、いずれはこういうこともあると踏んでいたのだ。

「はぁ、嫌だなぁ」

覚悟はしていても、顔を合わせるのは気が進まぬらしい。「ひとまずお茶を一杯おくれ」とお花に言って、床几に腰掛けてしまった。

熱々の番茶を淹れて、出してやる。熱すぎたらしく、只次郎はそれをふうふうと吹いてひと口啜り、すぐに膝元へと置いた。

「兄君様に、なにもお出ししていないんです。『いらぬ』と言われてしまったので」

お妙は重正をもてなせずにいることを、心苦しく感じている。あんな人に気を遣わなくたっていいのにと、お花は頬を膨らませた。

「ああ、あの人なりに遠慮しているんだろう」

只次郎はそう言うが、あれは遠慮だったのだろうか。そのわりには、態度が悪かった。

「ひとまず私が話をして、どうにか兄上を宥めて帰ってもらうよ。お妙さん、酒と肴の用意をお願いします」

「でもさっき、断られたばかりで――」

「兄上が食べないなら、私が食べます。昼餉がまだで、空きっ腹ですから」

お妙の料理を楽しみに帰ってきたのに、なぜ兄の武骨な顔を眺めながら食べねばならぬのか。そう呟いて、只次郎はため息をひとつ落とした。

「ああ、そうだ。今日は鰤大根でしたね。我々に出すものは鰤を抜いて、鰤なし鰤大根にしてください」

「あら」

重正が来てから少しばかり強張っていたお妙の頬が、「うふふ」とほぐれた。

「そういうことも、ありましたね」

「ね、懐かしいでしょう」

二人とも、昔のことを思い出して笑い合っている。お妙が重正と会ったのは、今日がはじめてのはずなのに。なんのことだろうと、お花は首を傾げた。

「さて兄上に無事お引き取りいただくためにも、お栄にはいま少し、升川屋さんに留まっていてもらわないとね。誰か、新川までひとっ走りしてくれるといいんだけど——」

そう言いながら、只次郎が店内をぐるりと見回す。目が合わぬよう、「カク」と「マル」がとっさに顔を伏せた。すでに酒が入っていい気分になっており、使いに出るのが面倒なのだろう。

新川までは、行って帰ってくるだけで一刻（二時間）はかかる。お妙が『ぜんや』を離れるわけにいかないし、お勝だってもう歳だ。

「じゃあ、私が――」

お花が申し出ようとすると、まるでそのときを見計らったかのように、表の戸が勢いよく開いた。

「すまねぇ、遅くなっちまった」

駆け込んできたのは、お待ちかねの熊吉だ。その顔を見たとたん、只次郎が大喜びで手を叩いた。

「おお、熊吉。いいところに！」

はたしてこれは、間がいいのか悪いのか。

只次郎の歓迎ぶりに、熊吉は「へっ？」と目をぱちくりさせた。

まるで似ていない兄と弟は、いったいなんの話をしているのだろう。

「お引き取りいただく」と只次郎は言っていたが、手こずっているのかもしれない。

自らの手で酒肴を『春告堂』に運んで行ったっきり、戻ってくる気配もない。

事の顛末を気にしていた「カク」と「マル」も、「どうなったか、明日教えておくれ」と言い置いて、昼八つ半（午後三時）ごろには帰っていった。

「あの兄君、粘るねぇ」

客が途切れたのをいいことに、お勝が床几に腰掛けて、煙草をぷかぷかと吸いだした。只次郎のことだからなにを問われても暖簾に腕押しでひらりひらりと躱しているだろうに、重正もよくめげないものだ。

「やっぱり兄弟かねぇ」と、お勝は変なふうに感心している。

隣の様子もさることながら、お花は熊吉がなかなか戻ってこないことにも気を揉んでいた。あまり遅くなってしまったら、酒を飲んで寛ぐ暇がなくなってしまう。せっかく大手を振って休める日なのに、それはあまりに気の毒だ。

「升川屋さんには、私が行ったほうがよかったんじゃないかな」

腰が軽い熊吉は、事情を伝えるとすぐさま「分かった」と頷いて駆けだしてしまった。その代わりにお花が行けば、熊吉は店でゆっくりできたろうに。

「構わないさ。アンタが行くより、熊吉のほうが速いだろう」

お勝がぷかりと、煙を輪っかの形に吐く。その輪っかに指を通して煙を掻き回してから、お花は唇を尖らせた。

「そうだけど、熊ちゃんはたぶん、ここにくる前になにかあったと思うから」

「あら、なにかって？」

見世棚の向こうで、お妙が興味を引かれたように面を上げる。

「さっき熊ちゃんの着物から、白粉のにおいがしたの」

お花はどうやら、人よりも鼻が利く。あんなにぷんぷんしていたのにお妙とお勝には分からなかったらしく、二人は驚いたように顔を見合わせている。

「きっと『ぜんや』に向かう途中で、急に産気づいた女の人とか、病で倒れた女の人とか、介抱したんじゃないかな。熊ちゃんはそういうの、見過ごせないでしょう」

なぜか奇妙な間が空いた。わずかな沈黙を埋めるように、お勝がカンと煙草盆に煙管を打ちつけ、灰を落とす。

「ああ、うん。そうだね」

「そういうことも、あったかもしれないわね」

「だよね。熊ちゃん、人がいいから」

芝居見物ならともかく、人助けをしていたなら、熊吉を「遅い」と責められない。お花はやれやれと、ため息をつく。

「熊ちゃん、早く戻ってこないかな」

けれどもそう呟いた直後に入り口の戸を開けたのは、熊吉ではなく、職人風のなりをした客であった。

けっきょく熊吉が戻ったのは、そろそろ夕七つ（午後四時）になろうかという頃合いだった。

五

「帰りが遅くなっても危ないから、お栄さんは升川屋の離れに泊めるってさ」

若さゆえか、熊吉は『ぜんや』に戻ると、疲れも見せずにそう言った。

「お志乃さん、すっかりお栄さんを気に入っちまって。いいや、そんな生易しいもんじゃねぇな。ありゃあ、惚れ込んでるよ」

なんでも部屋子時代に習ったお栄の書が、お志乃の憧れの於通流であったという。といってもお花にはさっぱり分からないが、武家や公家の女性を中心に広まった書であるらしく、お志乃の妙貞流とは好対照。ぜひともその書を学んでみたいと、指南役だったはずのお志乃のほうから、「うちを弟子にしてください！」と頭を下げて頼んだそうである。

お花の前では、お志乃はいつも毅然としており、少し怖い。知識の量や深さは比ぶべくもなく、一方的に行儀を教わるばかりだ。そんなお志乃が、自ら頭を下げるなんて。

「お志乃さんは、そりゃあお好きでしょう。なによりお栄さんは所作が綺麗だし、御年寄様に仕込まれて大和歌や踊り、お琴なんかもできるみたいね」

お妙には、こうなることが前もって分かっていたのか。お志乃もまた、学ぶことが好きなお人。諸芸に通じたお栄のことを、気に入らぬはずがなかった。

「一泊と言わず、ずっと留まってほしいくらいだとさ。あんなに生き生きとしたお志乃さんは、ちょっと見たことがねぇくらいだな」

そのせいで話が長くなり、帰るきっかけを摑めなかったという。熊吉はようやく床几に座り、「やっぱりあのお姫様はすげぇな」と苦笑した。

お栄もまた、お志乃から上方の話を聞いて、楽しく過ごしていたらしい。

お花との寝る前のお喋りは、いまひとつ嚙み合わなかったのに。話題が豊富なお志乃とならば、さぞかし盛り上がっているだろう。そう思うと、ほんの少しだけ胸がもやっとした。

「泊まりになるなら、都合がいいね。兄君もさすがに、明日までは待てないだろう」

さっさと伝えてお帰り願おうじゃないか。そう言って、お勝が手を叩き合わせる。

問題は、誰が行くかだ。

「そうね。お茶と、漬物を少し切ってお出ししてみるわ」

あたりまえのように、お妙は自分が行くと言う。だが重正は、弟を奪ったお妙をよく思っていない。次は睨まれるだけでは済まないかもしれなかった。

「私が行くよ」

だから今度こそ、申し出た。お花だって、大事なおっ母さんを守りたい。

「無理しなくていいのよ」

それでもまだ、お妙は自ら矢面に立とうとする。

本音を言えば、少し怖い。重正は顔に迫力がありすぎる。

けれども二人きりになるわけじゃなし。只次郎が傍にいれば、なにも心配することはない。

お花は「大丈夫」と大きく頷いた。

糠床から蕪を取り出してさっと洗い、葉と共にざくりと刻む。

淹れたての番茶と、漬物の小皿。それらを丸盆に載せて、お花は隣へと向かった。

『春告堂』の表戸を開けると、下男の亀吉が上がり口に腰をかけ、うつらうつらと船を漕いでいた。長っ尻の主を待つうちに、くたびれてしまったのだろう。

「はっ。ええと、二階です」

お花が入ってきたのに気づくと飛び上がり、奥の階段を指差した。

「ありがとう」

なるべく足音を立てぬよう、ゆっくりと階段を上ってゆく。その先にある襖は、きっちりと閉められていた。

ええっと、どうすればいいんだっけ。

いつものように、立ったまま襖を開けるわけにいかない。お花はその場に膝をつき、丸盆を置いた。

「あの、よろしいでしょうか」

緊張のあまり、声が上ずる。

「はい、どうぞ」と、只次郎が中から応えた。

襖をそろりと開けてから、丸盆を手に立ち上がる。

二階の座敷は、二間続き。鶯たちの籠桶がある奥の部屋は閉じられて、只次郎と重正は手前の六畳間で向かい合っていた。

「お、お茶をお持ちしました」

酒も肴も、すでにない。「いらぬ！」と突っぱねたくせに、重正の箸にも使われた形跡があった。

空になった皿を引き、代わりに番茶と漬物を差し出す。お花の一挙一動に、重正の視線が突き刺さるようである。

顔を上げるとまともに目が合いそうだから、お花は瞼を伏せたまま、只次郎に向かってそっと囁く。

「お栄さん、今日は升川屋さんに泊まるって」

その声が、耳に届いたのだろう。鋼でも入っているかのように背筋を伸ばしていた重正が、大儀そうに息を吐き出した。

「おや、それは残念。兄上にも、せっかくご足労いただきましたのに」

只次郎の物言いも、作り笑顔も白々しい。重正は苛立たしげに、己の膝をぴしゃりと叩いた。

「『残念』ではなかろう。父が来ていると伝えて、さっさと呼び戻さぬか」

「そう言われましても、今からでは日も暮れましょう。年頃の娘の外歩きは危のうございます。日を改めたほうがよろしいかと」

お武家様は、兄弟でもこういうやり取りになるのか。町人拵えの只次郎も、普段より頰が引き締まっているように感じる。

「フン。お主は昔から、あれに甘い」

「それほどでも。ただ私はあの子の才を、惜しいと感じているだけです」

只次郎の目にも、お栄は才気走って見えるようだ。だからこそ、屋敷の中に埋もれさせておくのは惜しいと、大奥に上げたのである。

そんな弟の切なる願いを、重正はひと言で斬り捨てた。

「女に才などいらぬ！」

只次郎は、慣れているのだろうか。重正のあまりな言い草に、眉一つ動かさない。

しかしお花は、思わず目を見開いた。

「女はただ父と良人に従って、丈夫な子を産みさえすればよい。過ぎた才など、邪魔なだけだ」

この人はお栄を前にしても、同じようなことを言い放つのだろうか。「いらぬ」と言われたところで、溢れるほどの才を手にして生まれてしまった娘には、どうすることもできないのに。

「奥に上がって箔がつき、今なら嫁ぎ先にも困らぬのだ。これ以上好き勝手をして、悪名を広めてもらっては困る」

出た、また「箔」だ。お志乃も若い娘が習い事に励むのは、よい嫁ぎ先を見つけるためと言っていた。

はたしてそれがすべての娘たちにとって、幸せなことなのだろうか。中には身に着けた芸事で、身を立てたいと願う者もいるかもしれないのに。

「たぶん、お栄さんには向いていないと思う」

胸の内で考えていたことを、ついうっかり口にしていた。自分でも驚いて、お花は慌てて口元を押さえる。

だがもう遅い。重正が閻魔大王のようにぎょろ目を剝いて、こちらを睨みつけている。

「なんだと？」

「す、すみません」

我ながら、情けない。たったのひと睨みで心の臓がキュッと縮み、冷や汗が噴き出てきた。

「まぁまぁ、兄上。私も向いていないと思いますよ」

只次郎は、恐ろしくないのだろうか。にこやかに割りこんできて、さりげなくお花を背に庇う。お陰ですくみ上がるような重正の眼光は、そちらへと移った。

「お主がその調子だから、養い子まで小憎らしい口を利く。嫁入り前の娘にお酌のような真似までさせて、嘆かわしいことだ」

「おしゃく？」と、お花は口の中で呟く。意味が分かったとたん、耳の先までカッと熱くなった。

つまり重正は『ぜんや』の手伝いに励むお花を、酌婦のようだと言っているのだ。

「兄上、それは聞き捨てなりません！」

のらりくらりと兄の相手をしていた只次郎が、とたんに気色ばむ。重正もまた、つられて声を荒らげた。

「なにを怒ることがある。そのものではないか」

「違います。私の娘に謝ってください」

「控えよ。お主はもはや、ただの町人である！」

身分の差を持ち出されては、それ以上言い募ることはできない。只次郎は、膝の上でぐっと手を握った。

腹の底で、熱々の餡子が煮えているみたいだ。顔や耳だけでなく、もはや体中が燃えるよう。これは怒りだと、一拍遅れて気がついた。

この男は己の規範から外れたものを、なにもかも見下している。個々の喜びには目もくれず、「嘆かわしい」と上から断じる。

小娘だからと、馬鹿にして。こちらは器量の足りなさを嘆きつつ、必死に足掻いているというのに。

弁の立つお栄なら、とっさに言い返すことができるだろう。お勝だって、負けじと啖呵の一つも切るはずだ。

自分もなにか、言い返したい。けれども喉の奥がキュッと締まり、うまい文句も浮かばない。

「大きなお世話。アタシは好きでお酌の真似事をやってんだよ」

頭の中のお勝が、そう言ってせせら笑う。

そうだ、好きでやっていることだ。この毎日の積み重ねが、いつか己の糧になると信じている。

お花は胸元に手を重ね、上ずる声を振り絞った。

「わ、私は、『ぜんや』の女将になるんです。ほ、ほ、放っといてください！」

感情が昂ぶって、目尻にじわりと涙が滲む。

恥ずかしい。お妙や只次郎に伝えられずにいた気持ちを、はじめて会う重正に向かって宣言してしまった。

今さらながらお武家様に向かって口答えしてしまったことが恐ろしく、顔を上げることができない。うつむいたまま、ぎゅっと目を瞑る。

「お花ちゃん――」

只次郎が労るように、肩をひと撫でしてくれた。

そのまま重正に向き直ると、さっと畳に手をついた。

「たいへん失礼いたしました、林様」

慇懃な言い回しは、わざとであろう。身分を笠に着た兄への、意趣返しだ。

「本日のところはどうか、これでお許しくださいませ。近いうちにあらためて、一席を設けますゆえに」

畳に額を擦りつけて、許しを請う。お花も慌てて居住まいを正し、それに倣った。

そのまましばし、瞑目する。

やがて重正が、「フン！」と鼻を鳴らした。

「もうよい、帰る！」

衣擦れの音がして振り仰ぐと、重正はすでに立っている。癇癪を起こした子供のような捨て台詞を残し、足を踏み鳴らして部屋を出てゆこうとする。

「お見送りを」

「いらぬ！」

追いかけようとした只次郎を制し、振り返りもせず行ってしまった。

お花はただ、ぽかんとその場に座するばかり。

「なにを寝ておるか、馬鹿者！」

しばらくすると階下から、下男に八つ当たりをする声が聞こえてきた。

六

「いやぁ。まいった、まいった」

『ぜんや』の床几に腰掛けて、只次郎が首を右に左に傾ける。肩が凝ってしまったらしく、その度にコキ、コキと音がした。

「まったく、しつこいったらありゃしない。あの人いまだに、甥っ子の身になにかあったらすぐ林家に戻ってくるようにと、町人の私に向かって説くんですよ。本当に、縁起でもない」

お栄には、二つ違いの弟がいる。つまり林家の、次期当主だ。

只次郎が町人になったばかりのころはまだ幼く、後継の心配もあったようだが、無事すくすくと成長し、来年あたりに元服を控えているという。

「それなのに分が悪くなると、『町人風情が』と怒鳴りつけてくるんですよ。お武家様の相手は疲れます」

只次郎の愚痴は、なかなか止まらない。お妙に「大変でしたねぇ」と労われ、ようやく満面に笑みを広げた。

「すげぇな。兄ちゃんとはとても、血が繋がってると思えねぇや」

熊吉は同じく床几に座り、好物の蓮餅を食べている。擂り下ろした蓮根を俵型にまとめ、油で揚げて餡をかけた料理である。一つでは足りず、三つも揚げてもらったようだ。

「まぁ、しょうがない。次男である私とは、背負っているものが違うからね。偏屈かもしれないが、武家の当主としてはそこまで間違ったことも言っていないんだ。嫌な思いをさせてごめんね、お花ちゃん」

「えっ。ううん、べつに」

気にしていないと、首を振る。重正は恐ろしかったし、その言動に腹も立てたが、よくよく思い返してみると、お花を愚弄する意図はなかったのかもしれない。ただ重正は、嫁入り前の娘を人前に出すなと言いたかったのではあるまいか。

もちろんこっちは武家のお姫様ではないし、大きなお世話なのだけど。重正も幼いころから擦り込まれてきた、武家の規範の中でしか生きられないのだ。

「それで、どうするんだい。お栄さんを、素直に引き渡すつもりはないんだろう?」

お勝が熊吉に、炊きたての飯と汁を運んでくる。

只次郎は腕を組み、「ううん」と唸った。

「そうですねぇ。同じ男親としてなにかと思うところもありますが、お栄と約束してしまいましたからね」

なんの因果か公方様を元気づける薬を、只次郎が一橋のご隠居様に売りつけた。そのせいでお栄が大奥にいられなくなったという主張は飛躍が過ぎるが、一応責任を感じてはいるようだ。

重正とお栄、双方が納得できる落としどころ。そんなものを、見つけることができるのだろうか。

「お志乃さんは、お栄さんをずいぶん気に入ったみたいですよ」

労いの酒を運んできたお妙が、良人の耳元にそっと囁く。

「なるほど」と呟く只次郎の目が、一瞬きらりと光った気がした。

いったい、なにを企んでいるのだろう。お花とお栄が『春告堂』の二階で嚙み合わぬお喋りをしている間、この二人も寝間で今後のことを話し合っていたのかもしれなかった。

今はまだ、企みを打ち明ける気はないようだ。只次郎は盃を手にし、恋女房の酌に目尻を下げている。たいそう幸せそうである。

「おや、熊吉は酒を飲んでいないのかい」

「ああ、もうちょっとしたら、俵屋に帰らなきゃなんねぇからな」

「そうかい、それは申し訳ないことをしたね」

藪入りとはいえ、奉公先には日が暮れるまでに戻らねばならない。今から酒を飲むと、酔ったまま帰ることになる。それはまずいと、控えることにしたらしい。

「腹はいっぱいになったかい？」

「ああ、お陰様で」

「それはよかった。お妙さん、私にもなにか、腹に溜まるものをください。兄上の顔を見ながらじゃ、食べた気がしなくって。鰤大根も、鰤なしでしたし」

また出た、鰤なし鰤大根。これはなにか、裏がありそうだ。

「ねぇ、それってなんなの？」と、尋ねてみる。

只次郎は「ん？」とこちらを振り返り、破顔した。

「昔の話だよ。お妙さんが作った鰤大根の、大根だけを持って帰って家族に食べさせたことがあるんだ。あのころ兄上は私の粗を探っていたから、『アラはございません』と謎を掛けるつもりでね」

「鰤のアラと、粗を掛けたのよ」

只次郎の説明だけでは意味が摑めずきょとんとしていたら、お妙が言い添えてくれた。

なるほど、だから鰤なし鰤大根。ようするに、遠回しな厭味である。

「なら今日も、なにか謎を掛けてあるの？」

「もちろんだよ。考えてごらん」

お花は口元に手を当てて、むむと眉を寄せる。

鰤なし、鰤抜き、鰤いらず——。謎は鰤に掛かっているのか、それとも大根か。

「ほらほら。鰤を、出していないんだよ」

只次郎が、したり顔で仄めかす。

「あっ！」と閃いたのは、熊吉だ。

「分かった、『出し渋り』だ！」

「そのとおり！」

悔しい。お花だって、もう少しで思いつきそうだったのに。熊吉ときたら謎が解けて、すっきりとした顔をしている。

「つまりお栄さんを、素直に返す気がないってことだね」

そう言って、お勝が呆れたように肩をすくめた。

まさか酒の肴として出された料理に、そんな意味が込められているとは。お花なら、教えられぬかぎり気づくまい。

「うふふふ、兄上は気づいたかな」

含み笑いを浮かべる只次郎は、やけに楽しそうだ。反感を抱いていたはずの重正が、なんだか急に哀れに思える。

頭が固く、人の喜びが分からぬ男だと感じていたけれど。もしかすると重正は、型破りな娘と弟に、振り回されているだけなのかもしれない。

「お腹が落ち着かないのなら、ご飯でも炊きましょうか？」

話を戻し、食べた気がしないとぼやいていた只次郎にお妙が尋ねる。

「そうですねぇ。いやそれよりも、お花ちゃんが昨夜なにか支度をしていたでしょう」

「あっ、そうだった！」

いけない。重正の来訪に気を取られて、うっかり忘れるところだった。

「ちょっと待ってて。熊ちゃんも、まだ帰らないで！」

そう叫びながら、お花は下駄を鳴らして調理場へと駆け込んだ。

手ずから作った菓子を小皿に載せて、楊枝を添える。

艶々とした椿の葉に挟まれた、餅菓子である。蒸した糯米の粉で、漉し餡を包んだものだ。

お花の菓子を、昨夜から楽しみにしていたのだろう。只次郎が、ぱぁっと顔を輝かせた。

「おお、椿餅だね」

そう、古くからある菓子だ。お妙が言うには、うんと昔は中に餡子が入っていなかったらしい。

お花は手早く椿餅を一つ油紙で包み、紐をかけて熊吉に差し出した。

「これは、ヒビキのぶん。お墓にお供えしてあげて」

年を越せずに亡くなってしまったヒビキの墓は、俵屋の庭にある。その死を惜しんで奉公人や出入りの職人が椿の花を供えるため、墓は薄紅色の花片に埋まっているという。

その話を聞いてから、藪入りには椿餅を作って熊吉に持たせようと考えていた。料理を志す、お花なりの弔いである。

「ヒビキのために？」

「うん。今日ならまっすぐ、俵屋さんに帰れるでしょう」

外回りのついでに立ち寄るときは、そうはいかない。懐に入れて取引先を回るうちに、柔らかい椿餅は潰れてしまうだろう。藪入りの今日ならば、どこにも寄らずに帰れるはずだ。

「ああ、ありがとう」

熊吉は、大事そうな手つきで包みを受け取った。そのまま懐に入れようとして、躊躇する。万が一にも、潰してしまいたくはないようだ。

「気になるなら、両手に包んで持って帰りゃいいんじゃないかい？」

お勝の案に「それもそうだ」と頷いて、熊吉は包みをいったん膝に置いた。

「お花ちゃんは、優しいね。ヒビキもさぞ喜ぶだろう。さぁ私たちも、早く食べましょう。こういうのは、かぶりついたほうが旨いんだ」

只次郎は、もはや我慢ができぬようだ。楊枝を使わず素手で摑み、椿の葉をめくり上げてかぶりつく。

作りたてを、お妙とお勝にも食べてもらった。自分でも味見をしたし、決して不味くはないはずだ。

息を詰めて見守っていると、只次郎がにんまりと頬を持ち上げた。

「ううん、旨い。餡子の塩気がちょうどいい」

「ずるいぜ、兄ちゃん。あ、本当だ。すごく旨ぇ！」

熊吉も、只次郎に倣って手摑みである。二人の反応に、お花はほっと胸を撫で下ろす。

「凝ってるね。餡子になにか、混ざってる。ああ、椿の花か」

まさに、そのとおり。塩漬けにしておいた椿の花を、細かく刻んで混ぜ込んだ。塩抜きをほどほどにしておいたのは、餡子に塩気を移すためだ。

「へぇ。椿ってにおいがしないと思ってたけど、実はほんのり甘い香りがあるんだな」

椿の花は、たしかに香りが控えめだ。それでも口から鼻へと抜けるとき、ほのかに香る。桜の塩漬けのうっとりするような芳香には及ばないが、これはこれで悪くない。

「椿の餡子なんて、はじめて食べたよ。このひと工夫も、お花が考えたのか？」

「うん、まぁね」

お花は「えへへ」と照れ笑いをする。

本当は椿の餡を作れないかとお妙に相談して、「だったらまず、花片を塩漬けにしてみたら？」と助言をもらっている。でも褒められるのが気持ちよくて、すっかり自分の手柄にしてしまった。

いい気になど、なるものじゃない。このすぐ後に、あんな辱めが待っていようとは。只次郎が椿餅を食べ終えて、葉っぱだけが残った小皿を膝元に置く。そのほくほく顔に、不穏な気配を感じ取るべきであった。

「よっ。さすが、未来の『ぜんや』の女将だね」

「えっ。ちょっと、お父つぁん！」

冷や水をぶっかけられたかのように、我に返る。

そうだった。さっきの重正への宣言を、只次郎だって聞いている。

お妙にはもう少し腕を磨いて、しかるべきときに伝えようと思っていたのに。こんな形で伝わるなんて、台なしだ。

「あら。お花ちゃん、女将になってくれるの？」

「違うの、おっ母さん。違わないけど、違うの！」

ああもう、どうしよう。なんと弁明すればいいのか。

焦るお花を横目に見て、熊吉は「今さらだろう」と腹を抱えて笑っている。

小皿に残された常緑の葉が、目に痛いほど鮮やかだった。

「平穏と不穏」「べったら市」「道しるべ」「薄紅の庭」は、ランティエ二〇二三年七月〜十月号に掲載された作品に、修正を加えたものです。

「椿餅」は書き下ろしです。

さ 19-17

つばき餡(あん) 花暦(はなごよみ) 居酒屋(いざかや)ぜんや

著者 坂井希久子(さかいきくこ)

2023年11月18日第一刷発行

発行者 角川春樹

発行所 株式会社 角川春樹事務所

〒102-0074 東京都千代田区九段南2-1-30 イタリア文化会館

電話 03(3263)5247[編集] 03(3263)5881[営業]

印刷・製本 中央精版印刷株式会社

フォーマット・デザイン&シンボルマーク 芦澤泰偉

ISBN978-4-7584-4602-0 C0193

http://www.kadokawaharuki.co.jp/[営業]

fanmail@kadokawaharuki.co.jp[編集] ご意見・ご感想をお寄せください。